괴물
포식자

괴물 포식자 9

철순 장편소설

초판 1쇄 찍은 날 § 2016년 12월 1일
초판 1쇄 펴낸 날 § 2016년 12월 8일

지은이 § 철순
펴낸이 § 서경석

편집책임 § 김경민
편집 § 이창진

펴낸곳 § 도서출판 청어람
등록번호 § 제387-1999-000006호
등록일자 § 1999. 5. 31
어람번호 § 제1-2576호

주소 § 경기도 부천시 원미구 부일로 483번길 40 서경B/D 3F (우) 14640
전화 § 032-656-4452 팩스 § 032-656-4453
http://www.chungeoram.com
E-mail § chungeorambook@daum.net

ISBN 979-11-04-91074-6 04810
ISBN 979-11-04-90817-0 (세트)

9

괴물
포식자

철순 장편소설

도서출판 청람

FUSION FANTASTIC STORY

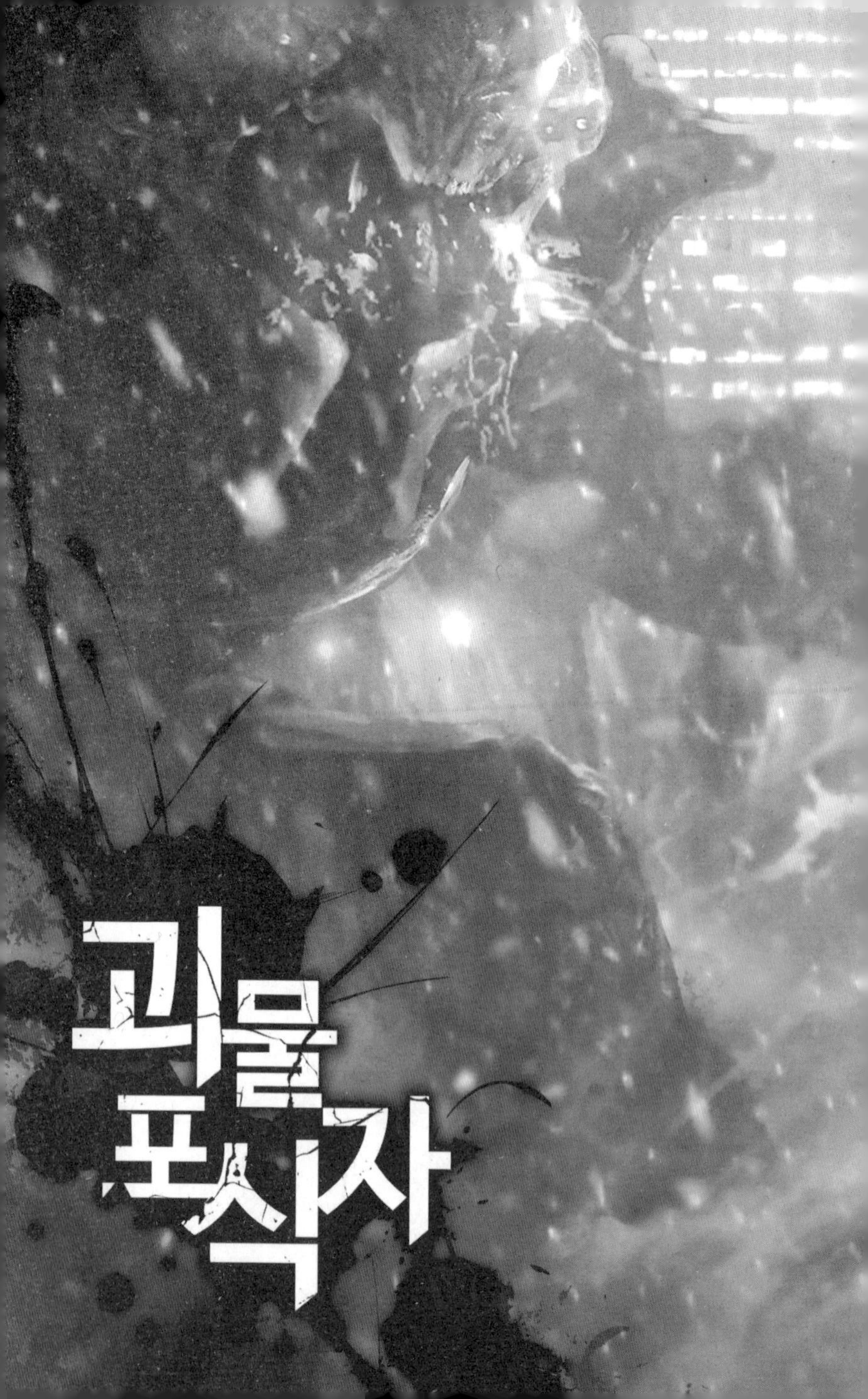
괴물
포식자

Contents

제1장

너구리 굴 소탕II

차라라라락.

검은 차원 관문의 표면이 뱀의 비늘처럼 돋아났고 그것을 본 신혁돈이 수르트의 불꽃을 해제하며 말했다.

"연결이 끊겼다."

잔뜩 긴장하며 검은 차원 관문을 바라보고 있던 길드원들이 짧고 긴 한숨을 뱉으며 무기를 거두자 팽팽했던 긴장감은 끊어진 실처럼 나풀거렸다.

"후……."

길드원들이 무기를 거둔 뒤 신혁돈을 바라보며 그의 결정을 기다리는 사이, 신혁돈은 아이가투스의 눈속임 망토로 증대된 감각을 통해 주변을 살피고 있었다.

유지되고 있던 차원 관문을 끊었다는 것은 상대가 포기를 했다는 것으로 생각할 수 있다.

하지만 '과연 그들이 포기했을까?' 하는 생각이 머릿속을 떠나지 않았다.

'내가 그들이라면 어떻게 했을까.'

상대는 호루스의 눈 두 명을 처치한 뒤 기고만장한 상태일 것이다.

그렇다면 기고만장한 그때 상대가 무리하게 만들어 공격하는 게 제일의 방법.

생각을 마친 신혁돈은 살짝 고개를 끄덕인 후 말했다.

"이곳에서 기다린다."

신혁돈의 결정에 고준영이 물어왔다.

"여기서 두 명이 죽었는데 그들이 오려고 하겠습니까? 차라리 다른 호루스의 눈 멤버를 노리는 건 어떻습니까?"

신혁돈은 대답 대신 고준영을 바라보았다. 그의 시선을 받은 고준영은 왜인지 잘못을 한 아이의 심정이 들어 슬쩍 눈을 피하며 윤태수에게 시선을 던졌다.

"이곳에서 기다리는 게 나아. 지금 저들이 할 수 있는 선택은 두 가지야. 우선 우리의 위치를 알고 있는 지금, 우리를 습격하는 것. 물론 페인터와 프로페서가 어떠한 방법으로 당했는지 모르는 상황에 선택할 사항은 아니지."

윤태수는 살짝 숨을 고른 뒤 말했다.

"두 번째는 사람을 붙여서 우리의 동태를 파악하는 것. 아까 말한 대로 우리의 위치는 노출이 된 상태잖아? 저들은 우리의 위치를 놓치고 싶지 않아 할 테니 사람 혹은 무언가를 붙여서 우리의 위치를 지속적으로 파악하려 할 거야."

윤태수의 설명이 끝나자 길드원들이 하나둘씩 고개를 끄덕여 이해했다는 표시를 했다.

하지만 고준영은 아직 이해가 되지 않는지 홀로 고개를 가로저으며 물었다.

"무슨 뜻인지는 알겠는데 그럼 더욱 여기서 떠나야 하는 거 아닙니까?"

"역발상. 즉, 저들의 뒤통수를 노리자는 거다. 미행이 붙으면 어떻게든 연락 수단을 갖고 있겠지? 그 상태로 미행을 붙잡아 역추적을 하면 더욱 쉽게 해결할 수 있지 않겠냐?"

윤태수는 말을 마친 뒤 자신이 설명한 것이 신혁돈의 생각과 일치하는지를 확인하기 위해 그를 바라보았다.

전부 들어맞는 건 아니었지만 결국 뒤를 잡자는 결론은 비슷하다.

신혁돈이 천천히 고개를 끄덕이자 윤태수가 입꼬리를 올리며 미소를 지었고 고준영은 여전히 모르겠다는 듯 뚱한 얼굴로 생각에 잠겼다.

대충 설명을 마친 윤태수는 고준영이 아닌 다른 길드원들을 바라보며 말을 덧붙였다.

"뭐, 그 두 가지 상황이 아니라 다른 상황이 발생할 가능성도 있습니다. 제 생각에 가장 일어날 법한 상황 두 가지를 꼽은 거니까요. 그러니 일단 혁돈 형님 말대로 긴장을 늦추지 말고 대기합시다. 아까처럼 차원 관문이 열림과 동시에 적이 넘어온다면 힘들어질 수도 있으니 말입니다."

말을 마친 윤태수는 길드원들에게 경계 구역을 지정해 준 뒤 자신도 자리를 잡고 앉았다. 그러고는 신혁돈을 바라보며 물었다.

"여기 얼마나 더 있습니까?"

"에르그 에너지가 완전히 사라질 때까지."

말을 마친 신혁돈은 도시락을 불렀다. 큰 몸을 이리저리 구기며 그의 근처로 다가온 도시락이 머리를 내밀자, 신혁돈은 도시락의 머리를 쓰다듬어 준 뒤 프로페서의 시체를 가리키며 말했다.

"먹어라."

"까아악!"

오랜만의 포식에 신이 났는지 기분 좋은 울음을 토한 도시락은 쿵쾅거리며 프로페서의 시체를 향해 걸어갔고 그 모습을 본 김민희가 신혁돈에게 물었다.

"이 정도 소란이 있었으면 아래층이든 옆 빌딩이든 알아채고 어디라도 신고를 해야 정상 아닌가요? 어째 조용하네요."

"마법이 걸려 있다."

"마법……?"

김민희는 자세한 설명을 원하는 듯 신혁돈에게 되물었지만 그는 귀찮다는 듯 팔짱을 낀 채 부서진 창밖을 내다보고 있었다.

그가 대답을 해줄 것 같지 않자 김민희의 시선이 윤태수에게로 향했고 시선을 받은 윤태수는 어깨를 으쓱일 뿐이었다.

*　　　　*　　　　*

"당장에라도 넘어가서 패러독스 놈들을 찢어 죽이고 싶어 하시는 마음은 이해합니다. 하지만 패러독스가 무슨 준비를 해놨을지 모릅니다. 일단 근처 건물로 왓쳐를 보낸 뒤 그들의 동태를 파악하고 나서 우리가 넘어가는 건 어떻습니까?"

가이드의 물음에 컨커와 룰러, 왓쳐의 시선이 허공에서 부딮췄다. 제일 먼저 왓쳐가 고개를 끄덕였고 컨커가 동의하는 듯 눈을 깜빡였다.

모두가 동의하자 룰러가 나머지 세 사람을 바라보며 말했다.

"모든 일에는 순서가 있는 법이니 그렇게 합세나."

룰러의 말을 들은 가이드가 덜렁거리는 빈 소매를 뻗었다. 그러자 허공이 갈라지며 검은 차원 관문이 생겨나기 시작했고 그와 동시에 그가 왓쳐에게 말했다.

"북북서 방향으로 5㎞ 정도 떨어진 건물의 옥상이다."

가이드의 말에 고개를 끄덕인 왓쳐는 지체 없이 차원 관문으로 들어갔고 그녀의 뒷모습이 사라진 순간, 괴물의 아가리가 닫히듯 검은 차원 관문이 사라졌다.

정신을 집중하고 있던 신혁돈의 감각에 거대한 에르그 에너지의 파동이 감지되었다.

프로페서의 공간 안에서 차원 관문이 생겼을 때는 감지하지 못했지만 이제는 달랐다.

어떤 방법을 사용해 공간을 차단했는지를 알았기에 감지가 가능한 것이다.

"왔다."

신혁돈의 말에 잔뜩 긴장하고 있던 길드원들의 눈에 이채가 돌았다. 그와 동시에 신혁돈의 고개가 향한 곳으로 모두의 시선이 향했다.

그 순간.

신혁돈이 세뿔가시벌레 몬스터 폼을 발동하며 날개를 펼쳤고 그와 동시에 백종화에게 말했다.

"투명화를 걸어라."

백종화는 고개를 끄덕인 뒤 곧바로 언령을 발동시켰고 곧 모두의 시야에서 신혁돈의 모습이 사라졌다.

자신의 몸을 둘러싼 백종화의 에르그 에너지를 느낀 신혁돈은 곧바로 창밖으로 날아올랐다.

신혁돈 일행이 있는 프로페서의 빌딩에서 5㎞ 떨어진 건물의 옥상.

차원 관문을 지나 목적지에 도착한 왓쳐는 곧바로 눈을 감으며 '눈'을 발동시켰다.

그러자 그녀의 온몸에 있던 문신이 마치 살아 있는 뱀처럼 움직이며 그녀의 얼굴로 향했고 곧 그녀의 얼굴에는 거대한 하나의 눈처럼 생긴 문신이 생겨났다.

그리고 그녀가 눈을 뜬 순간.

거대한 눈 문신이 검은 기운을 뿜었다. 이제 그녀의 눈앞을 가로막고 있는 벽과 거리는 아무런 문제가 되지 않았다.

그녀는 곧바로 신혁돈 일행이 있는 건물을 향해 시선을 돌렸고 그 순간, 그곳에 있는 모든 것들이 그녀의 시야에 들어왔다.

그 순간.

'뭐지?'

육안으로 볼 수 없는 무언가가 어마어마한 속도로 자신을 향해 날아오고 있었다. 순간 당황한 왓쳐는 정신을 집중했고 곧 그것의 정체를 깨달을 수 있었다.

'마물? 아니, 각성자다!'

그들이 자신을 향해 일직선으로 날아오는 것을 피하기 위해 왓쳐는 빌딩의 옥상에서 뛰어내렸고 그와 동시에 그녀가 있던 곳을 정체를 알 수 없는 무언가가 할퀴고 지나갔다.

부우우웅!

어마어마한 파공성과 함께 부서진 벽돌들이 그녀의 머리 위로 떨어졌다. 왓쳐는 이를 악물며 정신을 집중했다.

─습격.

그녀는 자신의 능력 중 두 번째, '입'을 발동시키며 동시에 빌딩의 벽을 박차고 옆 빌딩의 옥상으로 뛰었다.

타닥!

─도움.

두 개의 메시지를 가이드에게 전한 왓쳐는 자신을 습격한 것의 정체를 확인하기 위해 뒤로 돌았다.

그 순간.

그녀의 눈동자 가득 신혁돈의 모습이 들어찼다.

세 개의 검은 뿔과 붉은빛으로 번쩍거리는 눈알, 곤충의 그
것과 같이 굳세 보이는 턱, 그 아래로 보이는 매끈한 검은색의
껍질. 인간의 모습을 하고 있으나 절대 인간으로는 보이지 않
는 기괴한 모습에 왓쳐의 동공이 크게 확대되었다.

"하앗!"

신혁돈이 달려드는 것을 본 왓쳐는 피할 수 없음을 직감하
고 양손을 높이 들며 기합을 내질렀다.

하지만 신혁돈은 그녀를 비웃듯 곧바로 달려들지 않고 속
도를 줄였다.

그러자 허공에 손을 뻗은 꼴이 된 왓쳐는 곧바로 손을 몸
쪽으로 붙인 뒤 전투 자세를 취했고, 그 때문에 한 호흡이 꼬
였다. 신혁돈은 그 틈을 놓치지 않고 왓쳐에게 달려들며 수르
트의 불꽃─위해머 폼을 휘둘렀다.

왓쳐는 피하지도 도망치지도 그렇다고 막지도 못하는 어중
간한 자세로 신혁돈의 위해머가 자신의 머리를 향해 떨어지
는 것을 지켜볼 수밖에 없었다.

*　　　　*　　　　*

왓쳐의 대답을 기다리고 있던 가이드가 벌떡 일어서며 검은 차원 관문을 만들어냈다. 그의 굳은 표정에 룰러와 컨커의 얼굴이 함께 굳었다.

"무슨 일인가?"

"왓쳐가 위험합니다."

"…어떻게?"

가이드의 말대로라면 패러독스가 있는 빌딩에서 5㎞ 떨어진 곳에 차원 관문을 만들었다고 했고, 그의 실력이라면 절대 실수를 했을 리 없다.

게다가 차원 관문을 넘어간 이는 왓쳐다.

그녀가 단순히 지켜보는 것뿐이라면 세상 그 누구도 자신이 감시당하고 있다는 사실을 알아챌 수 없다. 심지어 자신들이라고 하더라도.

그런데 패러독스는 해냈다. 왓쳐가 넘어간 지 3분도 되지 않아 왓쳐의 위치를 파악하고 그녀를 궁지에 몰아넣었다니.

호루스의 눈 중 그녀의 전투 능력이 떨어지는 편이긴 했지만 그렇다고 한들 어지간한 각성자들은 한 손만으로도 제압할 수 있을 정도의 힘을 가지고 있었다.

"도대체 무슨……."

어지간한 일로는 감정의 표현을 하지 않는 컨커조차도 놀란 눈으로 가이드가 만드는 차원 관문을 지켜보고 있을 정도였다.

그들이 당황하고 있는 사이 가이드가 만들어낸 차원 관문이 완성되었지만 세 사람 중 발을 움직이는 이는 없었다.

알 수 없는 불안감. 상대에 대한 무지가 그들이 가져본 적 없는 공포라는 감정을 갖게 만든 것이다.

그리고 익숙하지 않은 공포라는 감정은 그들의 몸을 굳게 만들었고 이내 사고마저 정지시키고 말았다.

"움직이지."

제일 먼저 공포를 떨쳐낸 것은 컨커였다.

그는 예의 그 무표정한 표정으로 돌아와 나머지 두 사내를 바라보며 말했고 두 사내 또한 고개를 끄덕였다.

그러자 컨커가 허리춤으로 손을 가져갔고 아무것도 없던 허리춤에서 2미터는 될 법한 거대한 도가 한 자루 뽑혀 나왔다.

검을 든 순간, 컨커의 흰자가 사라지며 새카맣게 물들었고 그것을 본 룰러 또한 짧게 숨을 들이쉬며 가슴팍을 부풀렸다.

그러자 그의 몸이 풍선처럼 커지기 시작했고, 동시에 그의 피부가 갈라지며 그 아래 잠들어 있던 검붉은 피부가 드러났다.

둘의 변화를 보고 있던 가이드 또한 입술을 깨문 뒤, 몸속에 잠들어 있던 검은 기운을 해방시켰다.

그러자 그 또한 악마의 형상을 한 괴물로 변하기 시작했다.

곧 세 사람이 있던 곳에는 더 이상 인간이라 보기 힘든 모습의 괴물 셋이 서 있었다.

완벽히 변신을 마친 그들은 누가 먼저라 할 것도 없이 차원 관문을 향해 몸을 던졌다.

사아아.

촤라락.

신혁돈이 날아간 방향을 보며 어떻게 해야 할지 모르고 멍하니 서 있던 길드원들의 고개가 돌아갔다.

그들의 시선이 향한 곳에는 페인터가 넘어왔던 검은 차원 관문이 생겨나고 있었다.

길드원들은 누가 먼저라 할 것도 없이 곧바로 검은 차원 관문을 둘러싸며 무기를 뽑아 들었고 그와 동시에 눈빛을 맞추었다.

'무언가 넘어온다.'

주먹만 했던 크기의 검은 차원 관문은 조금씩 크기를 키우더니 이내 직경이 3미터는 넘을 법한 크기로 자라났고 당황한 길드원들은 거리를 벌리며 어떻게든 방어진을 유지했다.

"뭐가 이렇게 커."

윤태수가 긴장을 떨치기 위해 말을 뱉은 순간.

쿠웅!

차원 관문을 뚫고 윤태수의 상체만 한 다리 한쪽이 튀어나왔다.

적이 차원 관문에서 튀어나오는 순간 공격을 하기 위해 자리를 잡고 서 있던 윤태수는 상상 이상으로 거대한 다리에 뒤로 물러서며 검을 휘둘렀다.

카앙!

에르그 에너지를 가득 담은 공격!

하지만 불똥도 튀기지 못한 채 뒤로 물러설 수밖에 없었다.

'…단단하다.'

신혁돈이 빠진 이상 길드원들 중 가장 강력한 이는 윤태수와 백종화다. 한데 자신의 공격이 통하지 않을 정도의 방어력이라면?

윤태수가 뒤로 물러서자 그 주변을 막고 있던 세 떨거지가 달라붙어 다리 이상의 몸이 튀어나오는 것을 견제했다.

타당! 티디딩!

세 떨거지의 검이 괴물의 피부를 두드린 순간.

"피해!"

싸아악!

검은 빛줄기가 세 떨거지가 서 있던 자리를 베고 지나갔다. 간발의 차이로 공격을 피한 길드원들이 한 걸음 물러났고 결국 방어진이 흐트러졌다.

"뭐야!"

어마어마한 속도로 날아든 검은 빛줄기는 고무공처럼 벽에 튕긴 뒤 다시 길드원들에게 달려들었다.

"막아!"

세 떨거지의 시선이 검은 빛줄기에게로 향한 사이 거대한 다리가 차원 관문을 뚫고 나오고 있었다.

윤태수는 백종화에게 손짓하여 검은 빛줄기를 잡으라 신호한 뒤 다리를 향해 달려들었다.

캉! 캉!

검으로 나무를 베듯 휘둘러 보았지만 통하지 않았다. 결국 윤태수는 길드원들에게 물러서라 손짓한 뒤 가슴을 넓게 폈다.

콰아앙!

공기가 압축되어 순간 진공의 상태가 찾아온 직후, 어마어마한 폭발과 함께 윤태수의 가슴에서 불기둥이 쏘아졌다.

고르곤의 분노에 직격당한 다리는 적지 않은 타격을 입은 듯 한동안 제자리에 멈추어 있었고 그사이 윤태수는 온 힘을 다해 고르곤의 분노를 쏘아젖혔다.

쾅! 쾅! 쾅!

그사이, 방패를 들고 있던 김민희 또한 아엘로의 창을 움직여 거대한 다리를 노렸다.

10개의 창 중 제대로 맞는 것은 거의 없다고 봐도 무방할 정도였으나 '방어력 무시'의 옵션 덕분에 제대로 맞는 창 하나하나가 괴물의 피부를 뚫고 들어가 대미지를 주고 있었다.

하지만 이것도 시간 끌기일 뿐. 이대로 있다간 방어진이 무너지고 몇이나 있을지 모르는 악마들이 전부 넘어오고 만다.

그렇게 된다면?

아직 준비가 되지 않은 길드원들은 그대로 당하고 말 것이다.

'전열을 다듬을 시간이 필요하다.'

윤태수가 생각을 하는 사이에도 형체조차 제대로 보이지 않는 속도로 움직이는 괴물이 길드원들의 혼을 쏙 빼놓고 있었다.

윤태수와 김민희가 거대한 다리를 막고 나머지 길드원들 전부가 검은 빛줄기를 쫓아내기 위해 집중한 순간, 길드원들과 검은 빛줄기의 무기가 허공에서 맞부딪혔고 모두가 반탄력에 의해 나동그라졌다.

그제야 길드원은 자신들을 습격한 것의 정체를 확인할 수 있었다.

검은 빛줄기의 정체는 이마에 볼록 자라난 뿔, 새카만 눈과 그에 어울리는 새카만 피부, 그리고 손과 하나가 되어 있는 것으로 보이는 기다란 검을 든 악마였다.

"저것도 사람인가."

그 짧은 찰나에도 고준영은 헛소리를 뱉었고 옆에 선 채 호흡을 고르고 있던 길드원들이 헛웃음을 흘렸다.

"속도론 못 잡아."

"힘으로 갑시다."

"그래."

세 떨거지의 의견이 일치한 순간, 세 사람은 삼각형을 만들고 신 뒤 자신의 몸 앞에 검을 세워 들었다.

그 순간, 검을 든 악마 컨커는 다시 검은 빛줄기가 되어 세 떨거지를 향해 달려들었다.

그러자 삼각형의 꼭짓점에 서 있던 고준영이 순간 가속 스킬을 발동시키며 컨커의 앞을 가로막았다.

'빠르다.'

고준영이 컨커의 앞을 가로막으려 달려든 순간, 컨커는 이미 그의 앞에 도달해 검을 휘두르고 있었다.

고준영이 자신의 허리를 양단하기 위해 날아오는 검을 보고 침착하게 방어를 하려는 사이, 컨커는 자신의 검이 막힐

것을 안다는 듯 경로를 바꾸어 고준영의 목을 노렸다.

'젠장!'

고준영이 당황한 순간, 그의 뒤에 있던 한연수와 민강태가 날아들어 컨커의 검을 쳐내고 그의 몸을 노렸다.

세 사람의 역할 분배가 완벽히 이루어짐과 동시에 홍서현의 버프가 들어가고 안지혜의 마법이 컨커의 발을 묶었다.

'됐다.'

다섯 사람이 하나를 상대하고 있긴 하지만 어느 정도 호각을 이루고 있다.

백종화와 윤태수, 김민희 그리고 이서윤이 거인을 상대하고 있으니 이 정도면 충분한 상황.

이제는 신혁돈이 돌아오기까지만 버티면 된다.

그때 백종화의 시선이 아직까지 열려 있는 게이트로 향했다.

'한 놈… 혹은 몇 놈이 더 있을 수도 있다.'

방대한 에르그 에너지를 지닌 신혁돈조차도 오랜 시간 사용할 수 없을 정도로 막대한 에르그 에너지를 소모한 스킬이 바로 차원 관문이다.

한데 이렇게 오랜 시간, 저런 크기를 유지하고 있다는 것은 어마어마한 에르그 에너지를 소유하고 있다는 뜻.

'빨리 잡아야 한다.'

버티기만 해서는 승산이 없다. 게다가 거대한 괴물은 어느 새 양팔까지 나와 있는 상황.

곧 몸까지 나온 다음 활동하기 시작한다면 더욱더 손발이 어지러워질 것이 분명했다.

'큰 거 한 방이 답이다.'

퍼어엉! 퍼엉!

윤태수는 검을 휘두르고 고르곤의 분노를 쏘아대며 거대한 괴물이 차원 관문을 벗어나는 것을 막아서고 있었다.

김민희와 이서윤의 골렘 또한 활발히 움직이고 있었고 어느 새 합류한 도시락 또한 불기둥을 쏘아대며 거대한 괴물의 진격을 막고 있었다.

'이 징도라면… 괜찮다.'

"3초!"

3초면 충분하다.

백종화는 소리침과 동시에 몸속과 주변에 있는 모든 에르그 에너지를 끌어모았다.

그 순간.

텁!

"컥!"

느릿한 속도로 차원 관문을 뚫고 나오며 길드원들의 공격에 집중포화를 받고 있던 거대한 괴물의 손이 쏜살같은 속도로 날아들어 백종화의 몸을 잡아챘다.

"형님!"

모으고 있던 에르그 에너지가 흩어진 것은 물론이거니와 그 반동으로 인해 그의 입에서 피가 튀었다.

그와 동시에 달려든 윤태수와 아엘로의 창이 거대한 손의 손목을 노렸지만 손목은 공격에도 아랑곳하지 않고 차원 관문 속으로 되돌아가 버렸다.

"…맙소사."

당황한 순간.

콰득!

"꺅!"

콰아앙!

차원 관문 속으로 돌아간 줄 알았던 나머지 손이 튀어나와 김민희를 부여잡았다.

같은 수에 또다시 당할 수 없다 생각한 윤태수는 곧바로 고르곤의 분노를 쏘았지만 거인의 손에는 별다른 타격을 주지 못했고 결국 김민희마저 차원 관문 속으로 납치당하고 말았다.

"이런, 씨발……."

"어… 어떡하죠?"

순식간에 길드원 둘이 당했다. 거대한 몸뚱이는 두 사람을 차원 관문 속으로 데려간 것에 만족하는지, 아예 차원 관문 밖으로 나오질 않았다.

윤태수와 이서윤은 당장에라도 차원 관문으로 뛰어들어 두 사람을 구하고 싶었다.

그러나 그 둘만으로는 그 거대한 괴물에게서 두 사람을 구하기는커녕 살아 돌아올 가능성조차 없다.

만약 두 사람이 벌써 죽었다면?

"으아아아!"

이를 악문 윤태수는 차원 관문에서 등을 돌린 채 컨커에게로 달려들었다.

그 모습을 본 이서윤 또한 이를 악물고 골렘을 조종해 컨커를 공격하게 했다.

그와 동시에 허공에 공격용 마법진을 그리며 공격을 퍼부었다.

콰득!

어깨를 내줌으로써 간신히 신혁돈의 위해머를 피한 왓쳐는 이를 악무는 것으로 고통을 참아내며 다시 한 번 벽을 박찼다.

그때.

턱!

무언가가 그녀의 발목을 휘감았고.

콰당탕!

바닥을 향해 내리찍었다.

"커억!"

그제야 자신의 발목을 휘감은 푸른 불의 채찍을 본 왓쳐의 눈에 공포가 서렸다.

'이대론 죽는다.'

죽음을 직감한 왓쳐는 곧바로 자신의 몸에 잠들어 있는 모든 에너지를 개방했다.

화르르륵!

그러자 불꽃이 일듯 그녀의 몸에서 검은 기운이 뿜어져 나오며 그녀의 발을 묶고 있던 채찍을 끊어냈다.

하지만 신혁돈은 그녀를 놓아줄 생각이 없었다.

"어딜."

턱!

곤충의 껍질로 뒤덮인 거대한 손이 왓쳐의 목을 쥐었다. 왓쳐는 숨이 막혀오는 것을 넘어서 목이 잘릴 것 같은 공포를 느끼며 온몸의 기운을 증폭시켰고 그와 동시에 팔을 휘둘러 신혁돈의 몸을 후려쳤다.

쾅! 쾅!

인간의 주먹과 몸이 맞부딪혔으나 마치 쇠와 쇠가 부딪히는 듯한 굉음이 울려 퍼지며 사방의 유리창을 진동시켰다.

그럼에도 신혁돈의 몸은 뿌리 깊은 나무처럼 꿈쩍도 하지 않았고 외려 왓쳐의 목을 죄고 있는 손에 힘을 더했다.

그럴수록 왓쳐의 주먹에서는 힘이 빠졌다.

승기를 잡은 것을 확신한 신혁돈은 곧바로 영혼 포식을 사용해 왓쳐의 기억을 흡수해 들어갔다.

미간을 찌푸린 채 껄껄거리며 살아남기 위한 발악을 하던 왓쳐는 머릿속으로 들어오는 기운을 느끼며 눈을 크게 떴다.

'세… 세이비어시여!'

그 순간.

'달라?'

세이비어가 명령을 내릴 때, 그리고 그가 힘을 줄 때와는 전혀 다른 느낌이 왓쳐의 머릿속을 헤집기 시작했다.

그와 동시에 왓쳐의 의지와는 전혀 상관없이, 모든 기억들이 뒤죽박죽이 되어 머릿속에서 재생되었다.

왓쳐는 눈앞에서 펼쳐지는 기이한 현상과 목을 조여오는 고통에 정신의 끈을 놓치고 말았고, 그 순간.

콰드득!

탁!

"후."

모든 기억을 읽은 신혁돈이 목을 잃은 왓쳐의 시체를 바닥에 던졌다.

"세이비어라……."

페인터와 왓쳐, 그리고 프로페서의 기억이 합쳐지자 세이비어, 즉 구원자가 어떤 놈인지, 무얼 하려는 놈인지 윤곽이 잡히기 시작했다.

그리고 컨커와 가이드, 룰러라는 놈들이 무슨 짓을 하려는지도.

신혁돈은 짧은 한숨을 뱉고선 날개를 펼쳤다. 그러고는 거대한 에르그 에너지의 파동이 느껴지는 곳을 향해 날아가기 시작했다.

*   *   *

"크아악!"

신혁돈의 차원 관문을 통과할 때와는 다른, 몸속 세포 하나하나가 불타오르는 듯한 고통에 백종화가 고통에 찬 비명을 질렀다.

눈조차 뜰 수 없는 고통에 비명조차 끊겼고 백종화의 허리가 활처럼 휘었다.

"끄으으……."

엄청난 고통 속에서도 백종화는 자신의 몸을 쥐고 있던 거대한 손의 압박이 사라졌다는 것을 깨닫고서 생각을 시작했다.

'나를 죽이지 않았다. 인질로 쓰겠다는 것인가? 이곳은 어디지?'

거기까지 생각이 든 순간 백종화는 어떻게든 이를 악물며 눈을 떴고 새하얀 천장을 발견할 수 있었다.

'프로페서의 공간과 비슷하다.'

하지만 프로페서는 죽었다. 그렇다는 것은 호루스의 눈 중 누군가가 만들어낸 공간이라는 뜻.

백종화는 제대로 떠지지 않는 눈으로 계속해서 주변을 살피려 노력했다.

그 순간.

"꺄아아악!"

백종화의 옆으로 무언가 날아들며 여성의 비명이 그의 고막을 때렸다.

조금은 안정되었던 고통이 다시 발악을 시작했고 백종화는 몸을 뒤틀며 고통을 참아냈다.

그리고 몇 년 같던 찰나가 지난 뒤 백종화는 비명의 주인을 확인할 수 있었다.

'김민희?'

민희마저 잡혀 왔단 말인가?

'젠장.'

백종화는 모이지 않는 에르그 에너지를 억지로 모으며 온몸에 힘을 주어보았다.

그 순간.

그의 머리 위로 검은 그림자가 드리웠다.

*   *   *

[페인터, 프로페서, 왓쳐의 영혼을 흡수하셨습니다.]

[보유한 영혼의 수 : 3]

[세 영혼이 동일한 힘을 지니고 있습니다.]

[세 영혼이 하나로 합쳐졌습니다.]

[세 영혼의 힘이 사용자의 몸에 깃듭니다.]

…….

기억을 흡수하고 날개를 펼침과 동시에 신혁돈의 눈앞을 가리는 메시지 창이 수도 없이 떠올랐다.

긴박한 상황. 당장 메시지를 확인할 여유가 없었기에 옆으로 치워 버리던 도중, 하나의 메시지가 신혁돈의 눈을 사로잡았다.

[수르트의 불꽃이 세 영혼을 탐하고 있습니다.]

[그에게 영혼의 힘을 건네주시겠습니까?]

'무슨……'

수르트의 불꽃은 스킬도, 아이템도 아니다. 헛된 우상의 힘으로 생겨난, 말 그대로 실체가 없는 물건에 불과하다.

한데 그것이 힘을 원한다?

만약 헛된 우상이 힘을 원한다면 신혁돈은 생각도 하지 않고 영혼을 건넸을 것이다.

헛된 우상은 그가 본 스킬 중 가장 강하다 해도 거짓이 아닐 정도로 강력한 스킬이기 때문.

하지만 수르트의 불꽃이라니.

지금 상대하고 있는 적은 신혁돈 혼자의 힘으로는 상대할 수 없다. 그런 와중에 수르트의 불꽃이 조금이라도 강해질 수 있다면?

이보다 더 큰 것을 투자한다 해도 아깝지 않을 것이다.

신혁돈이 고개를 끄덕인 순간.

[수르트의 불꽃이 세 영혼을 흡수했습니다.]

[수르트가 사용자를 '계약자'로 인정했습니다.]

[수르트의 불꽃이 성장했습니다.]

[수르트의 불꽃의 힘을 100% 발휘 가능합니다.]

[수르트의 불꽃의 성장으로 인하여 '강신'이 사용 가능해집니다.]

―'강신'

고대의 거인이자 무스펠스헤임의 지배자 수르트의 힘을 사용자의 몸에 받아들여 사용할 수 있습니다.

메시지 창을 보며 하늘을 날던 신혁돈은 빌딩에 머리를 받을 뻔하고서야 정신을 차린 뒤 제대로 날기 시작했다.

지금까지 신혁돈이 사용하던 수르트의 불꽃은 반쪽짜리 무기였다. 한데 그것을 100% 사용 가능하단다.

그것만으로 입이 떡 벌어질 법한 성장이었다.

한데 강신이라니?

거기다 계약자라니?

방금까지 가슴 한쪽을 잠식하고 있던 불안감이라는 놈이 싹 사라졌다. 그리고 그 빈자리를 자신감이라는 기특한 놈이 차지하기 시작했다.

신혁돈의 입꼬리가 올라간 순간, 그의 날개가 더욱 빠르게 움직였다.

*   *   *

컨커의 속도는 잡을 수 없을 만큼 너무나 빨랐다.

길드원들이 기를 쓰고 그를 포위하려 했으나 그가 땅을 박차는 순간 모든 포위망이 무위로 돌아갔다.

그뿐만 아니라 그의 긴 검이 휘둘러질 때마다 길드원들의 몸에 상처가 늘어갔다.

시간이 지날수록 윤태수의 꽉 깨문 입술에서 흐르는 피가 그의 턱을 타고 흘렀다.

"뒤를 노려!"

말처럼 된다면 얼마나 좋을까.

"피해!"

모두 길드원들이 한 명에게 고전하고 있는 상황.

그나마 다행인 것은 검은 차원 관문 안으로 들어간 거대한 악마가 나오고 있지 않다는 것.

하지만 아직 검은 차원 관문은 닫히지 않고 있었고 언제든 그가 다시 튀어나올 수도 있다는 사실이 윤태수의 정신을 흩뜨려 놓고 있었다.

'형님은 도대체 언제⋯⋯.'

길드원 전체가 컨커와 엉켜 싸우고 있었기에 광역 스킬은 사용할 수도 없었다.

컨커는 아무것도 없는 허공을 박차고 움직이며 말도 안 되는 기동력을 보여주었고 때문에 길드원들의 공격은 번번이 빗나가고 있었다.

"안 돼!"

"큭!"

컨커의 검이 고준영의 가슴을 길게 갈랐고 고준영이 재빨리 뒤로 물러나며 피해를 최소화시켰다.

하지만 피가 흐르는 것은 어쩔 수 없었고 고준영이 지혈을 위해 전장을 이탈한 순간, 하필 그의 뒤에는 검은 차원 관문이 있었다.

그 순간.

촤아아악!

텁!

검은 차원 관문을 뚫고 거대한 손이 튀어나와 고준영을 데려갔다.

"끄아아……."

고준영의 비명이 단말마의 비명처럼 길게 울리며 모든 길드원들의 간담을 서늘하게 만들었다.

그리고 모든 길드원들의 머릿속엔 절망이라는 단어가 떠올랐다.

'이대론 전부 죽는다.'

컨커는 여전히 미쳐 날뛰고 있었고 검은 차원 관문에서 튀어나오는 거대한 손은 계속해서 길드원들을 노렸다.

윤태수의 시선이 검은 차원 관문으로 향했다.

'차라리……'

길드원들 전부가 한곳에 모여 방어진을 이루고 버틴다면? 그리고 신혁돈이 나타난다면?

충분히 전황을 뒤집을 수 있다.

그러나 과연 그가 도착할 때까지 버틸 수 있을 것인가? 그리고 그가 차원 관문을 뚫고 들어올 수 있을 것인가?

윤태수는 고개를 가로저었다.

지금은 그를 믿는 것밖에 방법이 없다. 이대로 있다간 그가 도착하기도 전에 모두가 죽고 만다.

결정을 내린 순간.

"모두 차원 관문 안으로 뛰어!"

윤태수가 명령을 내렸다.

길드원들은 순간 의아하다는 듯한 표정을 지었으나 윤태수의 결연한 얼굴을 본 순간 지체 없이 차원 관문 안으로 달려 들어갔다.

제일 먼저 세 떨거지가 검은 차원 관문으로 들어가면서 잠깐 공격할 대상을 잃은 컨커가 멈칫했고 그 순간 윤태수가 그를 향해 고르곤의 분노를 발사했다.

기껏해야 1초 남짓한 시간을 벌었을 뿐이지만 그것으로 충분하다.

"빨리!"

그와 동시에 메이지 계열 각성자들의 공격이 컨커에게로 쏟아졌고 허공에서 균형을 잃은 컨커는 방어 자세를 취하지도 못하고 모든 공격을 얻어맞고 말았다.

"크윽!"

순간 엄청난 대미지를 받자 컨커 또한 잠시 움츠러들 수밖에 없었고 그사이 모든 길드원들이 검은 차원 관문을 넘을 수 있었다.

마지막으로 이서윤이 차원 관문을 넘는 것을 확인한 윤태수는 벽에 처박혀 숨을 고르고 있는 컨커를 향해 고르곤의 분노를 한 번 더 쏘아준 뒤 검은 차원 관문을 넘었다.

짤그락짤그락.

신혁돈은 신발 굽에 밟히는 유리 조각을 느끼며 빌딩 안을 둘러보았다. 도착한 신혁돈을 맞이한 것은 홀로 남은 도시락이었다.

처참한 전투의 흔적과 함께 홀로 남은 도시락은 평소와 같은 깍깍거리는 울음소리도 아닌 꺼윽거리는 비통한 울음을 토하고 있었다.

"어떻게 된 거지?"

도시락은 테이밍 스킬을 통해 그간 있었던 일을 설명했고 설명을 듣던 신혁돈은 천천히 고개를 끄덕이며 에르그 에너지를 발산시켰다.

"길드원들이 검은 차원 관문을 넘었고, 기다란 검을 든 악마도 따라 넘어갔는데 네가 넘어가려 하자 검은 차원 관문이 닫혔다?"

"까악!"

정확하다는 듯 도시락이 고개를 끄덕였고 신혁돈은 도시락에게 '인간의 모습을 하라' 명령한 뒤 정신을 집중했다.

차원 관문을 통해 이동했다면 신혁돈의 날개가 아무리 빠르다 한들 따라갈 수 없다.

유일한 빙법은 신혁돈이 가진 차원 관문을 사용하는 것.

문제는 좌표를 모른다는 것이다.

신혁돈은 눈을 감은 채 머릿속의 지식을 살폈다.

지난 삶의 지식.

그간 포식해 온 괴물들이 가지고 있는 지식.

그리고 스킬.

신혁돈은 마치 다른 이의 머릿속을 뒤지듯 자신의 지식을 모두 살피기 시작했고 찰나가 지난 순간.

'추적이 가능하다.'

방법을 찾아냈다.

신혁돈은 곧바로 감았던 눈을 뜬 뒤 주변에 있는 에르그 에너지를 끌어모으기 시작했다.

그러고는 검은 차원 관문을 유지하고 있던 에르그 에너지의 구성을 역으로 훑어나가기 시작했다.

페인터가 가지고 있던 스킬이 신혁돈의 손에서 펼쳐지고 있었다.

단 한 번도 해본 적 없고, 생각도 해보지 못한 방법.

마치 허공에 에르그 에너지로 그림을 그리듯, 에르그 에너지를 물감 삼아 검은 차원 관문이 남긴 흔적을 따라 그리고 있었다.

신혁돈은 평생 동안 해온 일처럼 익숙하게 에르그 에너지를 움직일 수 있었다.

'이것이 영혼 포식의 힘……'

기억을 읽는 것은 단순히 정보를 채집하는 것 이상의 효과를 발휘할 수 있었다.

지금까지는 기억에서 정보를 채집하는 것 이외는 필요하지 않았기에 사용하지 않았지만 이런 식으로 한번 사용하자 앞으로의 사용법이 무궁무진하게 떠올랐다.

언어는 물론이거니와 스킬의 운용 방식마저도 사람마다 괴물마다 전부 달랐다.

'보물을 썩히고 있었구나.'

지금까지 보물 상자인지도 모르고 있던 것이 얼결에 열려 버렸다. 신혁돈은 계속해서 검은 차원 관문을 역추적하면서도 자신의 기억 속에 있는 것들을 살폈다.

이 많은 정보들이 도대체 어디 숨어 있던 것인지 어마어마한 양의 정보에 질려갈 즈음 검은 차원 관문의 추적이 끝났고, 그 순간.

신혁돈의 몸에서 에르그 에너지가 빠져나가며 차원 관문이 열렸다. 신혁돈은 기억을 살피던 것을 멈추고 도시락을 바라보았다.

도시락은 인간도, 괴물도 아닌 괴이한 형상을 하고 있었다.

등에는 육눈수리의 그것으로 보이는 날개가 펼쳐져 있었고 양손에는 기다란 손톱이 달려 있었다. 발 또한 육눈수리의 그것이었다.

자세히 보니 신혁돈이 육눈수리 몬스터 폼을 발동했을 때와 비슷한 모습이었다.

도시락을 위아래로 슥 훑은 신혁돈이 도시락에게 말했다.

"가자."

불안한 눈길로 신혁돈을 바라보고 있던 도시락은 자신의 모습을 허락받은 것이 기쁜지 발랄한 목소리로 답했다.

"넵."

　　　　*　　　　　*　　　　　*

　콰아앙!

　백종화는 자신의 머리 위로 떨어지는 거대한 발을 피하며
몸을 굴렸다.

　그와 동시에 일어서려 땅을 짚었지만 팔의 힘이 풀리며 다
시 쓰러졌고 그 순간.

　터엉!

　어느새 정신을 차리고 일어선 김민희가 방패와 함께 달려
들어 백종화를 노리던 거대한 악마를 밀쳐냈다.

　"터져라!"

　그제야 정신을 차린 백종화가 언령을 발동시켰고 그 순간.

　퍼엉!

　거대한 거인의 피부가 터짐과 동시에 새카만 덩어리가 그를
향해 날아들었다.

　"빨리!"

　백종화는 자신의 몸에 가속 마법을 걸며 재빨리 공격을 피
했고 그와 동시에 자신을 공격한 것의 정체를 확인할 수 있었
다.

　'도마뱀?'

　마치 짧고 뚱뚱한 도마뱀같이 생긴 것이 자신을 노리고 달

려들고 있었다.

"멈춰라!"

뱀은 허공을 대지처럼 노니며 날카로운 이와 발톱으로 백종화를 노리려 했지만 언령에 막히자 그대로 연기로 변해 버렸다.

"젠장."

그 순간.

어디선가 세 마리의 도마뱀이 더 나타나 백종화를 노리고 쏘아졌다.

그러자 역할을 분담하듯 자연스럽게 거대한 악마가 김민희를 바라보았다.

전투가 시작되었다.

윤태수는 검은 차원 관문에 들어선 순간, 2차 각성을 할 때보다 심각한 고통을 느끼며 이를 악물었다.

몸이 허물어지는 것을 느낄 새도 없이 누군가 윤태수의 멱살을 잡아챘다.

"흡!"

윤태수는 당황했지만 저항하지 않았고 그 덕에 자신이 있던 자리를 부수고 지나가는 검은 덩어리를 두 눈으로 볼 수 있었다.

'종화 형님?'

그의 멱살을 잡아챈 이는 백종화였다. 죽은 줄 알았던 그가 살아 있었다.

기쁨도 잠시, 윤태수의 눈이 빠르게 김민희와 고준영을 살폈다. 그 둘마저 살아 있는 것을 발견하자 안도의 한숨을 흘린 윤태수가 물었다.

"뭐가……."

하지만 윤태수의 말은 끝까지 이어지지 못했다. 또다시 검은 덩어리가 날아온 것이다.

백종화는 다시 한 번 그의 멱살을 쥐었고 윤태수는 머리 꼭대기까지 타오르는 고통과 동시에 몸이 붕 뜨는 것을 느꼈다.

자신과 함께 통과한 길드원들도 별다를 것 없는지 고통에 찬 표정으로 새하얀 공간 바닥을 뒹굴고 있었다.

백종화는 언령을 발휘해 그 모든 이들의 몸을 움직여 악마들의 공격에서 벗어나게 만들고 있었다.

그사이 김민희는 거대한 악마와 사투를 벌이고 있었으며 고준영은 온몸에서 피를 철철 흘리면서도 컨커를 막아내고 있었다.

고준영이 잡혀 들어가고 지난 시간은 겨우 1분 남짓.

그사이 고통을 이겨내고 일어서 자신들의 뒤를 따라온 컨커를 상대하고 있는 것이다. 하지만 막아내는 게 막아내는 게 아니었다.

'저대론 죽는다.'

김민희야 괜찮겠지만 고준영은 지금 당장 쓰러져 죽는다 해도 믿을 만큼 엉망이었고 백종화 또한 새파래진 안색으로 식은땀을 줄줄 흘리고 있었다.

윤태수는 이를 악물고 어떻게든 몸을 일으켰다.

그 순간.

그와 같은 감정을 느낀 길드원들이 일어서며 무기를 뽑아들었다.

화르륵!

신혁돈이 차원 관문을 통과한 순간.

어떠한 명령어도 없이 그의 의지만으로 수르트의 불꽃이 소환되었다. 푸른 불꽃은 순식간에 신혁돈의 온몸을 감쌌다.

그 순간.

생전 겪어본 적 없는 거대한 에르그 에너지의 파동에 새하얀 차원 내 서 있던 모든 생명체들이 정적에 휩싸였다.

검을 휘두르며 공격을 하고 있던 이들의 눈도, 귀찮은 파리를 떼어내듯 거대한 팔다리를 휘두르고 있던 악마의 눈도.

모두의 시선이 신혁돈에게로 향했다.

그와 동시에 신혁돈의 눈에서 푸른 불꽃이 타올랐고 강신이 발동되었다.

*   *   *

신혁돈의 피부가 갈라지며 용암이 흘러내리는 것처럼 보였다. 아니, 실상이 그랬다. 그의 뼈에서 푸른 불길이 솟구쳐 오르며 피부를 찢고 나왔고 그의 온몸이 푸른 불꽃에 휩싸였다.

변화는 거기서 멈추지 않았고 신혁돈의 몸은 점점 더 커졌다.

짙푸른색의 불꽃이 그의 몸을 뒤덮었고 그와 동시에 거대해졌다. 그의 키가 4미터에 육박하고서야 성장을 멈추었다.

"···맙소사."

악마들조차도 경악을 금치 못한 채 강신을 마친 신혁돈을 바라보고 있었다.

먼저 정신을 차린 윤태수는 곧바로 길드원들을 움직여 신혁돈의 뒤로 피했다.

그와 동시에 이서윤은 치유 마법진을 발동시켰고 여기저기 다친 길드원들의 몸을 보살피기 시작했다.

그사이 악마들이 한곳에 모였다.

기다란 검을 든 악마 컨커, 신혁돈에 버금가는 덩치의 룰러가 어깨를 맞대고 섰고, 사방에 흩어져 있던 여러 마리의 도마뱀들이 모여들었다.

그러자 도마뱀 무리는 검은 기운으로 뒤덮이며 인간의 형상으로 변했다.

새하얀 공간에서 세 악마와 패러독스가 마주 선 판국.

대치 상황이 발생하자 제일 큰 덩치의 악마, 룰러가 신혁돈을 바라보며 말했다.

"호루스의 눈이 셋이나 당한 이유를 알겠군."

그의 말에 전투 자세를 취하고 있던 컨커가 고개를 끄덕였다.

굳이 합을 나눠보지 않더라도 기세만으로 보통의 상대가 아니라는 것을 알 수 있었다.

그사이 강신을 마친 신혁돈은 거대해진 몸에 적응하기 위해 손과 발을 움직여 보았다.

동작 하나하나에 힘이 넘쳤고 지금의 몸 상태라면 누구라도 상대할 수 있을 것 같았다.

그랬기에 신혁돈은 지체하지 않고 가장 큰 덩치를 한 악마, 룰러에게로 달려들었다.

쿵쿵쿵! 쾅!

푸른 불꽃의 거인, 신혁돈은 덩치에 어울리지 않게 엄청난 속도로 룰러에게 달려들며 주먹을 휘둘렀다.

그나마 룰러가 신혁돈과 비슷한 덩치를 가지고 있긴 했지만 머리 높이만 하더라도 1미터가 넘게 차이가 났다.

그랬기에 룰러는 가슴을 넓게 펼치며 양손을 들어 주먹을 막아냈다.

콰아앙!

'길다?'

주먹이 닿기도 전에 폭발이 일어나며 룰러의 손바닥이 터져 나갔고 그 순간 룰러의 가드가 열려 버렸다. 그러자 불의 거인의 주먹이 룰러의 가슴을 후려쳤다.

픽! 쿠당탕!

단 일격으로 룰러가 나가떨어지자 당황한 것은 악마들뿐만이 아니었다.

패러독스 또한 당황하며 신혁돈이 만들어낸 광경을 바라보았다.

"저게 뭐야……."

칼조차 박히지 않아 몸으로 막으며 시간을 끄는 것이 고작이었다.

한데 신혁돈은 단 한 번의 주먹질로 거대한 악마를 패대기쳐 버린 것이다.

룰러가 이렇게 쉽게 나동그라질 줄 몰랐던 컨커였지만, 당황하지 않고 신혁돈에게 달려들었다.

덩치가 거대한 만큼 사각이 많을 것이 분명했고 자신의 속도라면 불의 거인이 가진 사각을 전부 노릴 수 있다, 그런 판단하에 달려든 것이다.

하지만.

화르르륵!

컨커가 움직인 순간 신혁돈의 몸에서 푸른 불꽃의 채찍이 쏘아졌다.

불의 채찍은 마치 살아 있는 생물인 양 컨커의 발목을 노렸고 이에는 컨커조차 놀라지 않을 수 없었다.

컨커는 기다란 검을 휘둘러 불의 채찍을 흩어내며 계속해서 움직였다. 그러고는 가이드에게 눈짓을 보냈다.

'이놈은 무시한다.'

일단 패러독스의 길드원들을 전부 정리한 뒤 셋이 힘을 모아 신혁돈을 상대한다 해도 늦지 않는다. 아니, 그게 최선의 방법이다.

지금 당장 셋이 힘을 모아 신혁돈을 상대하다가는 패러독스 길드원들이 힘을 회복하고 전투에 가담할 것이다. 그럼 패배는 자명한 사실이 되고 만다.

컨커의 눈빛을 받은 가이드는 곧바로 몸을 잘게 나누어 수십 마리의 도마뱀을 사방으로 흩어 보냈다.

그와 동시에 가슴뼈가 우그러졌던 룰러가 어느새 멀쩡해진 채 일어서며 포효를 내질렀다.

"크아아아!"

한 방에 나동그라졌던 것에 적잖이 자존심이 상했는지 룰러는 앞뒤 가리지 않고 신혁돈에게 달려들었다.

그와 동시에 컨커 또한 신혁돈의 머리를 노리고 달려들었다.

그러자 신혁돈의 몸에서 솟아난 불의 채찍들이 더욱 두꺼워지며 컨커를 노렸다. 그와 동시에 룰러가 달려드는 것을 확인하면서도 신혁돈의 시선은 아무것도 없는 허공을 훑고 있었다.

'뭔가 있다.'

악마의 수는 총 셋이다.

한데 둘만 보일 뿐, 하나는 어디로 사라졌는지 모습은커녕 기척조차 느껴지지 않았다.

필시 노리는 수가 하나 있을 것이고 그것을 막아내지 못한다면 큰 타격을 입을 것이 분명했다.

신혁돈은 자신의 직감을 믿었기에 두 악마의 공격을 받아내면서도 계속해서 주변을 살폈다.

쾅! 콰아앙!

두 거인의 주먹이 허공에서 맞부딪힐 때마다 엄청난 충격파가 터지며 새하얀 공간 전체가 진동했다.

컨커는 계속해서 신혁돈의 주변을 알짱거리며 불의 채찍을 피해 그의 빈틈을 노렸다.

그것을 눈치챈 신혁돈은 일부러 큰 공격을 위해 허리를 비틀며 빈틈을 만들었다.

'살을 주고 뼈를 취한다.'

두 악마 중 하나라도 먼저 제거할 수 있다면 살이 아니라 뼈 한두 개쯤까지는 내줘도 괜찮다.

신혁돈이 빈틈을 보인 순간.

타다닥!

그의 옆구리를 향해 달려들던 컨커가 그를 지나 그의 뒤에 있는 길드원들을 노리며 몸을 날렸다.

"온다!"

하지만 컨커의 움직임을 살피고 있던 윤태수 덕에 그의 공격이 무산되었다.

윤태수의 목소리를 들은 순간, 신혁돈은 길드원들이 막아 낼 것이라 믿으며 모든 공격을 룰러에게로 집중시켰다.

그 순간.

지금까지 숨어 있던 가이드의 도마뱀들이 사방에서 튀어나오며 길드원들의 머리 위로 떨어져 내렸다.

"막아!"

어느새 굳건한 방어진을 형성한 길드원들은 컨커의 공격을 막아낸 뒤 자신들에게로 날아오는 도마뱀들을 쳐내며 방어에 매진했다.

방금 본 신혁돈의 무위라면 거대한 악마를 순식간에 물리친 뒤 자신들을 도우러 올 것이 분명했다.

그렇다면 버티기만 하면 되는 상황.

길드원들은 한결 편해진 표정으로 여유를 가진 채 컨커의 공격과 가이드의 공격을 막아냈다.

'이게 아닌데.'

컨커와 가이드의 얼굴 가득 당황이 서렸다.

저들 하나하나는 강하지 않다.

하지만 제대로 자리를 잡고 뭉치기 시작하자 어마어마한 힘을 발휘했다.

'아까 그들이 맞나?'

아까와 달라진 것은 신혁돈이 나타났다는 것뿐이다.

한데 길드원들 전부가 사람이 달라진 듯 기세 자체가 변했으며 모든 행동 하나하나에 여유가 생겼다.

'도대……'

푸욱!

"크악!"

전투 중 잡념은 실수를 불러오게 마련이고 결국 컨커의 가슴에 윤태수의 검이 틀어박혔다.

컨커는 곧바로 뒤로 물러섰지만 상처가 작지 않았기에 잠시 멈칫할 수밖에 없었고 그사이 길드원들은 모든 공격을 가이드의 도마뱀에게로 집중시켰다.

카가가각!

"터져라!"

"솟구쳐라!"

메이지들의 마법과 밀리 계열 각성자들의 검이 검은 기운에 휩싸인 도마뱀들을 양단하고 불태웠으며 부숴 버렸다.

순식간에 거의 모든 도마뱀이 정리되어 버렸다.

'이대론 다 죽는다.'

컨커의 머릿속에 판단이 선 순간.

그의 시선이 룰러에게로 향했다.

쾅! 쾅! 쾅!

신혁돈의 주먹이 룰러에게 닿기도 전에 그의 피부가 터져 나갔고, 피부가 터지며 가드가 열린 순간 신혁돈의 불타는 주먹이 그의 몸을 두들겼다.

룰러는 이 말도 안 되는 조화에 당황하면서 자신의 몸이 터져 나가는 것을 지켜볼 수밖에 없었다.

'막을 수 없다.'

단단한 피부와 어마어마한 재생력, 그리고 엄청난 힘을 기반으로 '룰러'라는 이름을 받은 자신이 동수를 이루고 싸우기는커녕 일방적으로 얻어터지고 있었다.

그냥 힘만으로는 밀리지 않을 자신이 있었다.

하지만.

펑! 펑!

신혁돈의 공격이 닿기도 전에 피부가 터져 나가고 그 반동으로 가드가 뚫리는 것이 문제였다.

마치 피부 속에서 폭탄이 터지는 듯한 알 수 없는 폭발은 룰러가 아무것도 할 수 없게 만들었다.

'이대로는 다 죽는다.'

패러독스 전체를 죽이는 것은 문제가 아니다. 그러나, 이후 셋이 한 번에 달려든다 해도 신혁돈을 죽일 수 있다는 확신이 들지 않았다.

'그렇다면…….'

지금 할 수 있는 최선의 수는 무엇일까?

그 순간.

컨커의 시선이 룰러에게로 향했고 룰러와 컨커의 시선이 마주쳤다.

'신혁돈을 제외한 나머지만 죽인 뒤 퇴각한다.'

두 악마의 뜻이 통한 순간.

룰러가 자신의 안위 따윈 무시한 채 신혁돈에게 달려들며 그의 어깨를 밀쳤다.

아니, 밀치려 했다.

하지만 그의 손이 불의 거인의 몸에 닿은 순간. 마치 신기루를 만진 듯 룰러의 손이 신혁돈의 몸속으로 빨려 들어가 버렸고 어깨까지 빨려 들어가고서야 신혁돈의 몸이 굳어졌다.

룰러가 신혁돈의 얼굴을 올려다보았고 푸른 불꽃이 타오르고 있는 그의 눈과 마주쳤다.

그 순간 신혁돈이 말했다.

"내가 네놈들의 생각을 모를 것 같나?"

신혁돈의 말을 들은 룰러의 동공이 믿을 수 없다는 듯 크게 확대되었고 그와 동시에 그의 양팔이 불타올랐다.

룰러가 발악을 하며 벗어나려 하자 신혁돈은 양팔로 룰러의 몸을 끌어안은 채 더욱 크게 불길을 피워 올렸다.

"크아아아악!"

꺼지지 않는 무스펠스헤임의 불꽃이 룰러의 몸 전체를 감쌌다.

룰러가 비명을 지르는 사이, 일이 틀어진 것을 깨달은 컨커는 곧바로 모든 힘을 개방시켰다.

장기전을 위해 비축하고 있던 힘까지 전부 개방하자 그의 몸 전체에서 검은 기운이 넘실거렸고, 마치 검은 불길에 휩싸인 것과 같은 모습이 되었다.

그와 동시에 컨커의 눈이 새하얀 공간 내부를 훑었다.

그러자 길드원들에게는 보이지 않는 검은 구멍이 속속들이 보였고 컨커는 그 속에 몸을 숨기고 있는 가이드의 도마뱀들과 눈을 맞추었다.

'도망쳐라. 본 것을 모두 세이비어에게 알리고 대비하라.'

컨커가 유언과도 같은 전언을 남긴 순간.

그것을 두고 보고 있을 신혁돈이 아니었다. 신혁돈은 컨커의 몸에서 흘러나온 검은 기운을 비웃듯 어마어마한 푸른 불꽃의 채찍을 피워 컨커에게 쏘았다.

촤아악! 화르륵!

대기를 태우며 자신에게 날아드는 채찍을 본 컨커는 자신이 낼 수 있는 최대한의 속도로 움직이며 모든 공격을 피해냈고 그와 동시에 패러독스의 목을 노렸다.

콰앙!

"컥!"

단 일격을 받아낸 윤태수가 고통에 찬 신음과 함께 검을 놓쳤다.

그는 황급히 검을 주워 들려 했지만 컨커의 검이 더 빨랐다.

챙! 푹!

"크으윽."

간신히 피했지만 컨커의 검이 쇄골을 파고드는 것까진 막을 수 없었고 결국 윤태수는 어깨에서 피를 뿜으며 쓰러졌다.

그 순간.

컨커는 확인 사살을 위해 윤태수의 목을 베려 했지만 옆에서 달려드는 세 떨거지의 공격을 무시할 순 없었다.

"하압!"

세 떨거지의 합공이 시작된 순간, 불의 채찍이 컨커의 등을 노렸다.

기운만으로 자신에게 쏟아지는 채찍을 간파한 컨커는 외려 자신을 노리는 세 떨거지들의 품으로 달려들었다.

푹! 서걱!

세 떨거지의 검이 컨커의 몸 곳곳을 베었지만 신혁돈은 공격을 멈출 수밖에 없었다.

강신의 힘을 사용하는 것이 처음이었기에 아군까지 불태울수도 있었기 때문이다.

적진 한가운데로 뛰어들어 신혁돈의 공격을 봉쇄한 컨커는 거의 빛과 같은 속도로 검을 휘둘렀다.

탱! 푹! 챙그랑! 서걱!

"큭!"

"커으……."

그리고 세 사람 중 두 사람이 가슴과 복부를 감싸며 쓰러졌고 홀로 공격을 막아낸 고준영은 컨커의 팔 하나를 잘라내는 쾌거를 이루었다.

사아아악!

하지만 컨커는 고통을 느끼지 못하는 것인지 팔을 잘린 것을 신경조차 쓰지 않고 고준영의 발목을 노리며 검을 휘둘렀다.

고준영은 뒤로 물러서는 것 대신 발을 들어 공격을 피했고 그 순간 컨커의 검이 고준영의 복부를 노렸다.

푸우욱!

"커으윽……."

결국 균형을 잃은 고준영의 복부를 거대한 검이 꿰뚫음과 동시에 옆으로 베어버렸다.

푸화악!

허리의 1/3이 잘린 고준영이 피를 토하며 쓰러졌다. 그와 동시에 세 사람이 쓰러지고 컨커의 시선이 메이지들에게로 향했다.

그 순간.

콰아앙!

컨커의 머리 위로 불벼락이 떨어졌다.

강신을 해체하는 것보다는 힘을 집중시켜 일점 타격을 노린 신혁돈의 한 수였다.

불기둥을 압축시키고 또 압축시킨 불벼락이 컨커의 머리로 떨어졌고 컨커의 몸이 새카맣게 타다 못해 재가 되어 흩날렸다.

그와 동시에 신혁돈의 몸에 갇힌 채 불타던 룰러의 몸 또한 쿵 하는 소리를 내며 쓰러졌다.

"준영 씨!"

컨커가 쓰러진 것을 확인하자마자 이서윤과 홍서현, 백종화가 쓰러져 있는 길드원들에게 달려가 치료 마법을 퍼부었다.

그사이 신혁돈은 강신을 해세하지 않고 모든 에르그 에너지를 흩뿌려 주변을 살폈다.

'…없다.'

마지막 남은 악마 하나.

가이드의 기운이 전혀 느껴지지 않았다.

'놓친 건가……'

차원 관문을 여는 기척조차 느끼지 못했거늘.

설마 하는 생각에 신혁돈은 두 번, 세 번 체크를 한 뒤에야 강신을 풀었다.

"끄으……."

강신을 해제함과 동시에 엄청난 탈력감이 온몸을 짓눌렀다.

  신혁돈은 휘청이는 무릎을 쥔 채로 고개를 들어 길드원들을 바라보았다.

  "일단은… 끝이다."

  그리고는 뒤로 쓰러지듯 누우며 말했다.

  "쉬어라."

제2장

망중한(忙中閑)

급격히 벌어진 전투에서 호루스의 눈 멤버 일곱 중 다섯을 잡는 쾌거를 이루었다. 하지만 패러독스 또한 큰 피해를 입었다.

몸 성한 이가 하나 없었고 고준영의 경우에는 컨커의 검이 내장까지 파고든 바람에 정신을 차리지 못하고 있었다. 길드원들이 가진 모든 치유 마법을 쏟아부었지만 자리를 털고 일어날 기미가 보이지 않았다.

고준영의 병실.

"후……."

파리해진 얼굴로 눈을 감고 있는 고준영의 얼굴을 한 번 바라본 이서윤이 한숨을 내쉬었다.

밀리 계열의 각성자들이 몸을 아끼지 않고 싸워준 덕에 메이지 계열의 능력자들은 큰 상처 없이 전투를 끝낼 수 있었다.

하지만 몸만 멀쩡할 뿐 전투에서 승리했다는 기쁨보다는 자신들 대신 상처를 입은 이들에 대한 걱정이 더 컸다.

그랬기에 정신적 피로가 상당한 메이지 계열의 각성자들은 피곤에 전 몸을 이끌고 상처 입은 길드원들을 보살피고 있는 것이었다.

고준영의 침대 아래 새겨진 치유 마법진이 제대로 작동하는 것을 확인한 이서윤이 다른 이들의 마법진을 확인하기 위해 자리에서 일어났을 때.

달칵.

문이 열리며 신혁돈이 들어왔다.

이서윤이 고개를 끄덕여 인사를 하자 신혁돈이 물었다.

"어때?"

"아직 모르겠어요."

이서윤의 대답에 신혁돈은 턱짓으로 이서윤을 가리키며 말했다.

"쟤 말고 당신."

"예?"

"괜찮냐고."

뜻밖의 질문에 이서윤은 이해하지 못한 듯 멍한 표정으로 신혁돈을 올려본 뒤 고개를 끄덕였다.

"저야 다친 데도 없고… 멀쩡하죠."

"얼굴은 죽을상인데."

"그야 많은 사람들이 다쳤으니까요."

그녀의 대답에 신혁돈은 짧게 혀를 차는 것으로 대답을 대신했다.

무모한 결정이었고 섣부른 판단이었다.

조금 더 천천히 큰 그림을 보고 움직여서 하나씩 상대했다면, 조금 더 오랜 시간이 걸리긴 했겠지만 지금처럼 큰 피해를 입지 않았을 것이다.

"가서 쉬어라."

"마법진들만 확인해 보고 쉴게요."

말린다고 들을 사람이 아니었기에 신혁돈은 짧게 고개를 끄덕인 뒤 그녀에게 손을 내밀었다. 그의 행동에 이서윤은 또다시 멍한 표정을 지었고 그사이 신혁돈이 그녀의 손을 쥐었다.

그러자 쥐어진 손을 통해 신혁돈의 에르그 에너지가 이서윤에게로 넘어왔고 텅 비어 있던 이서윤의 몸속 가득 에르그 에너지가 차오르기 시작했다.

에르그 에너지 충전이 끝나자 신혁돈이 그녀의 손을 놓은 뒤 어깨를 툭 하고 두드리며 말했다.

"그럼 조금 더 부탁하지."

"고마워요."

조금 깊이 고개를 숙여 감사를 표한 이서윤이 방을 나서자 신혁돈은 고준영이 누워 있는 침대에 다가가 섰다.

치료 마법을 통해 큰 상처를 봉합해 놓은 상태임에도 불구하고 복부에 감아놓은 붕대는 붉게 물들어 있었다.

어지간한 사람이었다면 즉사할 만한 상처를 입었으니 쉽게 낫지 않는 건 당연한 일. 신혁돈은 고준영의 상처에 손을 올린 뒤 자신이 할 수 있는 모든 치유 마법을 발동시켰다.

치료가 끝나갈 때쯤.

신혁돈의 핸드폰이 울렸다. 그는 치료를 마저 끝낸 뒤 핸드폰을 꺼내 보았고 이름을 본 뒤 병실을 나서며 전화를 받았다.

"헤르메스?"

—오랜만이야, 친구.

"그래, 무슨 일이지?"

병실을 나선 신혁돈은 휴게실로 향하며 헤르메스에게 물었고, 헤르메스는 아쉽다는 듯한 목소리로 답했다.

―친구끼리 무슨 일이 있어야만 전화하는 건 아니잖아?

그때, 전화를 받고 있는 신혁돈의 핸드폰이 진동했다. 액정을 확인하니 조훈현의 번호. 신혁돈은 핸드폰에 귀를 대며 말했다.

"별일 없으면 끊지."

―잠깐! 잠깐. 패러독스 길드원들이 단체로 입원했다는 말이 돌던데 사실인가?

"사실이다."

말을 마친 신혁돈은 곧바로 조훈현의 전화를 받았다.

"예."

―혁돈 씨?

"말씀하십시오."

―고준영 씨가 사경을 헤매고 있고 윤태수 씨를 비롯한 밀리 계열 각성자분들이 중상을 입…….

"예. 사실입니다."

대답을 하는 신혁돈의 미간이 확 찌푸려졌다. 헤르메스와 조훈현이 알고 있다는 것은 전 세계에 모든 각성자들이 알고 있다고 봐도 무방하다는 뜻이었다.

이래서 병원은 오고 싶지 않았지만 길드원들의 상태가 워낙 위중했기에 어쩔 수 없었다.

신혁돈이 짧게 혀를 차는 사이 조훈현이 끊겼던 말을 이었다.

─누구한테 당한 겁니까?

"전화로 할 말은 아닙니다."

─그럼… 네 시간 있으면 도착하니까 그때 얘기합시다. 일단 DC 근처에 있는 아이기스 소속 각성자들은 전부 그 병원으로 보내놨습니다.

피곤함과 쉬고 싶다는 생각이 더해져 둘러댄 말에 대한 대답이 생각지도 못한 방향으로 튀고 있다.

한국에서 워싱턴 DC까지 직행 비행기를 타고 온다 한들 13시간은 걸리는 거리다. 한데 4시간 뒤에 도착한다니?

도대체 언제 출발했다는 거지?

고개를 휘휘 저어 잡념을 털어낸 신혁돈이 물었다.

"아이기스는 왜?"

─아마 신경도 안 쓰셨겠지만… 패러독스를 시기하는 인간들은 생각보다 많습니다. 이번 올마이티 해체를 비롯해 일본에서의 사건 등등 때문이죠.

평소라면 곧바로 생각해낼 수 있었겠지만 지금은 피곤함 때문인지 머리가 제대로 돌지 않았다.

조훈현의 대답에 고개를 끄덕인 신혁돈은 알았다 대답한 뒤 병원에서 만나기로 약속을 하고서 전화를 끊었다.

그러자 타이밍도 좋게 문자가 도착했다.

[3시간 쯤 뒤에 도착할 거 같은데, 밥 먹을 시간은 되지?]

헤르메스였다.

"후⋯⋯."

신혁돈은 핸드폰을 주머니에 쑤셔 넣으며 머리를 쓸어 올렸다. 당장 호루스의 눈을 상대하는 것으로도 벅찬 이 상황에 뭐가 이렇게 많이 끼어드는지.

신혁돈은 자신의 머리를 헝클였다가 다시 쓸어 올렸다.

일련의 행동으로 정신을 차린 신혁돈은 휴게소에 비치된 소파에 앉았다.

'올마이티는 끝났다.'

길드장과 그의 뒷배가 마왕의 수하라는 게 밝혀졌으니 더 이상 말할 것도 없다.

호루스의 눈은 세이비어와 가이드만 남은 상황.

마왕의 힘은 무한하지 않기에 단기간에 컨커와 룰러 같은 괴물을 만들어낼 순 없을 것이지만 시간을 주면 어떻게 될지 모른다.

그렇다고 해서 신혁돈 홀로 세이비어를 상대할 순 없으니 길드원들의 상처가 회복될 때까지는 어쩔 수 없이 기다려야 한다.

그뿐만이 아니다.

그레이트 화이트 홀이 나타날 시간도 얼마 남지 않았으며 아이가투스의 차원 또한 처리해야 한다.

머릿속이 복잡해진 신혁돈은 눈을 감고 소파에 머리를 기댔다.

'돌겠군.'

저번 삶의 실수를 반복하지 않기 위해 자신의 편을 만들고 그들에게 힘을 실어주다 보니, 더욱 큰 짐이 그의 어깨를 눌러 왔다.

"무슨 생각을 그렇게 깊게 하십니까?"

그때, 지나가던 윤태수가 신혁돈을 발견하고선 옆으로 다가 오며 물었다. 윤태수의 말대로 그가 다가오는 것을 느끼지 못 할 정도로 생각에 깊게 잠겨 있던 신혁돈은 고개를 기댄 채 눈만 뜨곤 그를 바라보며 말했다.

"몸은?"

"어디 잘린 것도 아니고 구멍 몇 개 난 거라 괜찮습니다."

어깨와 가슴 전체를 둘둘 두르고 있지만 않았다면 그럭저 럭 믿어줄 만한 변명이었을 것이다.

"가서 쉬어라."

윤태수는 그의 앞 의자에 앉으며 말했다.

"다 쉬었습니다."

"개뿔이."

윤태수가 씩 웃으며 자신의 가슴을 툭툭 두들겼다.

"멀쩡하다니까 그러네. 그건 그렇고 뭔 일 있습니까?"

신혁돈은 대답 대신 윤태수의 눈을 바라보았고 윤태수는 멀쩡하다는 것을 강조하기 위해 가슴을 활짝 펴곤 신혁돈과 눈을 맞추었다.

"할 게 너무 많다."

"침대에서 할 거 없이 뒹굴거리느니 눈코 뜰 새 없이 바쁜 게 더 좋지 말입니다."

"정도껏 해야지."

윤태수는 껄껄거리고 웃더니 말을 받았다.

"피곤하신가 봅니다."

신혁돈이 대답 대신 눈을 감자 윤태수 또한 등받이에 몸을 기대며 말을 이었다.

"그럴 만도 하지 말입니다. 어글리 베어 이후로 제대로 쉰 기억이 없을 정도로 달렸으니."

생각해 보니 그렇다.

윤태수와 만난 이후 강박증에 시달리는 사람처럼 한순간도 쉬지 않고 달려왔다. 사람을 모으고 강해지기 위해 사냥을 했으며 마신을 죽이기 위해 시련을 클리어했다.

"세이비어라 하셨지 말입니다. 그놈만 잡고 아이가투스 잡으러 가기 전에 좀 쉽시다. 우리끼리 여행도 좀 다니고… 술도 진탕 먹고 뭐 그런 거 있잖습니까."

윤태수는 자신의 말에 설득된 듯 갑자기 상기된 얼굴로 말을 이었다.

"그러고 보니 돈은 엄청 버는데 쓸 시간도 없었네. 이번 기회에 돈도 좀 물처럼 써보고 말입니다."

윤태수가 하고 싶은 것들, 사고 싶은 것들을 이야기하는 사이 병실을 둘러보고 나온 이서윤이 두 사내를 발견하고 다가왔다.

윤태수는 반가운 얼굴로 그녀를 보았지만 이서윤은 싸한 얼굴로 팔짱을 낀 채 말했다.

"대수 씨. 누가 돌아다녀도 된다고 했어요?"

"그런 사람은 없습니다만. 그런데 돌아다니지 말라 그런 사람도 없……."

"그걸 말이라고 해요?"

윤태수는 페이스를 빼앗기자 바로 말을 돌리며 말했다.

"서윤 씨, 어디 가고 싶은 데 있습니까?"

"…예?"

"뭐 있지 않습니까. 세부라거나 푸껫. 괌이나 발리 그런 데. 이번 일만 끝나면 한 일주일만 아무런 생각 없이 놀다 오지 말입니다."

"그게 무슨……."

"말이나 해보십시오."

이서윤은 눈을 감고 있는 신혁돈을 힐끗 본 뒤 말했다.

"그게 가능할까요?"

"우리가 쉬겠다는데, 패러독스가 지쳐서 좀 쉬겠다는데 누가 말리겠습니까."

이서윤은 피식 웃음을 흘리더니 고개를 끄덕였다.

"그것도 그래요."

"우리가 무슨 지구 방위대도 아니고… 우리도 사람이잖습니까."

"그렇죠."

이서윤은 어느새 윤태수의 이야기에 넘어가 도란도란 대화를 나누었다. 두 사람은 어디로 갈지, 무얼 할지에 대해 대화를 나누다가 신혁돈을 바라보며 말했다.

"그런데 혁돈 씨가 허락한 거예요?"

"형님도 사람인데 좀 쉬어야 하지 않겠습니까."

두 사람의 시선이 신혁돈에게로 향한 순간, 그가 눈을 뜨며 말했다.

"그래."

"예? 진짭니까?"

"싫어?"

"아니, 그럴 리가 있겠습니까? 형님 나중에 다른 말 하기 없는 겁니다."

"그래."

윤태수는 복권이라도 맞은 듯 기쁨 가득한 눈을 하고선 계속 고개를 끄덕였다. 신혁돈은 그의 얼굴을 보면서 헛웃음을 흘렸다.

모든 것을 내려놓고 여행을 떠날 수 있을 시기는 지난 지 오래다. 이제는 그들의 행동 하나하나에 달려 있는 게 너무나 많았다.

윤태수도 그걸 모를 사람은 아니다. 단지, 지금의 기분을 즐기고 싶을 뿐인 것이다.

신혁돈은 조금은 홀가분해진 기분으로 소파에서 일어섰다.

*　　　　*　　　　*

곧 헤르메스가 도착했다.

그는 홀로 온 것이 아닌, 전에 보았던 중국인 두 사람을 포함해 거의 열 명에 달하는 대인원이 함께 도착했다.

그는 신혁돈의 얼굴을 보자마자 오래된 친구를 만난 듯 미소를 지으며 악수를 건넸고 신혁돈은 특유의 무표정한 얼굴로 그의 악수를 받아주었다.

"뭘 주렁주렁 달고 왔어?"

신혁돈의 물음에 헤르메스는 큰 웃음을 터뜨렸다.

"진실의 눈 길드원들을 그렇게 말할 수 있는 사람은 너밖에 없을 거다."

신혁돈이 길드원들을 바라보는 사이 헤르메스가 검은 머리의 서양 여자를 자신의 옆으로 부르며 말했다.

"이쪽은 카야. 내가 아는 치료 계열 각성자 중 가장 뛰어난 능력을 가지고 있는 사람이야. 나머지들도 다 도움이 될 만한 사람들이고."

헤르메스의 설명이 이어지고서야 신혁돈이 고개를 끄덕였다.

모두 함께 병실로 들어갈 순 없는지라 카야와 헤르메스, 그리고 신혁돈 셋만 병실로 향했고 그사이 다른 이들은 편한 자리를 찾아갔다.

세 사람이 고준영의 병실에 들어선 순간, 신혁돈의 핸드폰이 울렸다.

조훈현이었다.

─혁돈 씨? 저희 도착했는데, 어디로 가면 됩니까?

"거 타이밍하고는……."

─예?

"아닙니다. 7층으로 올라오십시오."

―예. 알겠습니다.

전화를 끊자 헤르메스는 무슨 일이냐는 듯 그를 바라보았고 신혁돈은 고개를 휘휘 저은 뒤 말했다.

"오히려 잘됐군."

"뭐?"

"이리저리 다니기도 귀찮았는데 한 번에 끝낼 수 있겠어."

신혁돈의 말이 무슨 소린지 이해가 되질 않았지만 헤르메스는 굳이 되묻지 않았다. 자신이 알아야 할 것이라면 어차피 말해줄 사람이었기 때문이다.

두 사람이 대화를 하는 사이 능숙한 손길로 고준영의 붕대를 풀어낸 카야는 그의 상처 위에 손을 얹고선 스킬을 발동시켰다.

고준영의 치료를 마친 카야가 콧잔등에 맺힌 땀을 훔치며 말했다.

"살아 있는 게 용하네요."

헤르메스의 통역을 들은 신혁돈이 고개를 끄덕이며 카야에게 물었다.

"어떻습니까?"

"앞으로 사흘 정도는 누워 있어야 해요. 그리고 일주일 정도는 요양해야 하고요."

카야에 대답에 신혁돈이 짧은 한숨을 뱉으며 말했다.

"어쨌거나 살았다는 소리군."

"예."

카야는 아직까지 눈을 감고 있는 고준영의 얼굴을 한 번 바라본 뒤 신혁돈에게 물었다.

"다른 환자들은요?"

"병실에 있을 겁니다."

간호사를 불러 안내를 부탁한 신혁돈은 굳이 따라갈 필요가 없었기에 헤르메스와 함께 휴게실로 나왔고 마침 올라온 조훈현과 마주쳤다.

"혁돈 씨."

"오랜만입니다."

오랜만에 만나는 조훈현은 얼굴 살이 싹 빠져 얼굴 골격이 그대로 드러나 있었다.

거기에 가발을 쓰는 것을 포기한 것인지 아예 밀어버린 머리까지 더해지자, 약물 중독자라 해도 믿을 만한 얼굴이 되어 있었다.

신혁돈의 시선이 자신의 얼굴에 오래 머무는 것을 느낀 조훈현은 장시간의 비행으로 꺼슬꺼슬 수염이 자라난 턱을 문지르며 허허 웃었다.

"얼굴이 상하셨습니다."

"자리가 자리다 보니 편하지만은 않더군요."

두 사람이 악수를 하는 사이 조훈현의 뒤로 간수호가 나타났다. 여전히 잘생긴 멸치 같은 그는 멀끔하게 양복까지 빼입고서는 신혁돈을 향해 걸어왔다.

그의 모습을 본 신혁돈이 조훈현에게 물었다.

"아이기스는 어쩌고 두 분이 같이 움직이십니까?"

대답은 조훈현이 아닌, 어느새 다가온 간수호에게서부터 나왔다.

"아이기스의 기둥이나 마찬가지인 패러독스가 다쳤다는데 어떻게 가만히 앉아 있겠습니까. 오랜만입니다."

그의 악수까지 받고 나서 헤르메스와 아이기스의 두 간부가 인사를 나누었고 휴게소 입구에 선 네 남자는 식사를 하러 나가는 것으로 의견을 통일했다.

*　　　　*　　　　*

음식을 주문하는 사이 시작한 신혁돈의 이야기는 음식이 전부 차려지고 식어갈 때까지 이어졌다.

그럼에도 불평을 하는 사람은 하나도 없을 만큼, 하나하나가 빼놓을 수 없을 정도로 중요한 이야기였다.

남미 SOS 작전에서부터 미국으로 넘어와 라쉬드를 잡고 그를 통해 프로페서를 잡아냈으며 누구를 위한 함정인지 모를 함정에서 호루스의 눈 대부분을 소탕한 이야기까지 끝나자 신혁돈을 제외한 세 사내는 깊은 신음을 흘리며 각자의 생각에 잠겼다.

그들이 생각에 잠기자 신혁돈은 술 한 병을 시켜 홀로 마시기 시작했고 그가 40도짜리 술 반 정도를 비우고 나서야 조훈현이 입을 열었다.

"그럼 세이비어의 배후가 '바커스'라는 마왕이란 말씀이십니까?"

"지금까지 얻은 정보를 종합해 보면 그렇습니다만, 아직 그의 시련이 발견되지 않았기에 확신할 순 없습니다. 세이비어라는 놈을 잡고 나면 확실해질 겁니다."

조훈현이 질문을 시작하자 헤르메스가 꼬리를 물었다.

"그 세이비어의 위치는 확인되지 않았고?"

"짐작 가는 곳이 몇 군데 있긴 하지만 섣불리 건드릴 생각은 없다."

"왜?"

"이미 자신의 몸이 위험하다는 것을 깨닫고 나름 깊게 숨었다 생각하며 숨어 있을 텐데, 굳이 건드려서 더 깊이 잠수하게 만들 필요는 없으니까."

"그렇군."

헤르메스의 질문이 끝나자 이번엔 간수호의 차례였다.

"길드원분들은 좀 어떻습니까?"

"헤르메스가 데려와 준 '카야'라는 치유사 덕에 괜찮아진 것 같습니다. 치유사의 말대로라면 나흘 내로 전투를 재개할 수 있을 겁니다."

신혁돈의 말에 헤르메스가 미간을 찌푸렸다. 자신의 기억에 카야는 분명 '일주일은 요양을 해야 한다'고 말했었는데?

신혁돈은 헤르메스가 무슨 표정을 짓고 있든 신경도 쓰지 않고 말을 이어갔다.

"즉, 사흘 뒤에 세이비어를 칠 생각입니다. 그전까지는 '패러독스 전체가 극심한 부상을 입었으며 몇몇 길드원들은 사경을 헤매고 있다'는 정보를 여기저기에 뿌려주시기 바랍니다."

무심하게 던져진 정보에 세 사람의 시선이 빠르게 주변을 훑었다. 혹시라도 이 정보가 새어 나간다면 큰일이 나기 때문이었다.

그들의 반응에도 아랑곳하지 않은 신혁돈이 말을 이었다.

"의사와 간호사들 입단속을 하긴 했습니다만 혹시 모르니 그것도 부탁드립니다."

"예. 그건 알아서 하겠습니다만… 그 소식을 들은 세이비어가 먼저 치거나 할 가능성도 있지 않겠습니까?"

"없습니다."

너무나 단호한 대답에 간수호는 멍한 얼굴로 되물었다.

"그건 왜……."

"수족 노릇을 하던 올마이티도 잘렸고 호루스의 눈도 절반 이상을 잃었습니다. 게다가 전력을 보강할 수 있을 정도로 천천히 잃은 것도 아니기 때문에 지금 당장 세이비어에게는 패러독스를 공격할 수 있을 만한 전력이 없습니다."

구구절절 맞는 소리에 세 사람의 고개가 끄덕여졌고 이번엔 조훈현이 말했다.

"말씀하신 것에 대해서는 잘 처리해 두겠습니다."

신혁돈이 알았다는 듯 짧게 고개를 끄덕이자 조훈현이 말을 이었다.

"일단, 아이기스는 잘 굴러가고 있습니다. 기획 당시 우려했던 대로 월급제에 대한 반발이 없잖아 있긴 했지만, 수익 면에서도 전과 다를 것이 없고 아이기스의 마크가 새겨진 옷만 입고 다녀도 시민들이 영웅 대접을 해주니까 또 그걸로 만족하고 있는 것 같습니다."

조훈현은 다른 이들의 시선이 모두 자신에게 집중되자 살짝 목이 마른지 물을 한 모금 마시고선 말을 이었다.

"그리고 올마이티가 무너지면서 흘러나온 각성자들의 대부분이 아이기스로 흡수되고 있습니다. 이것까진 호재긴 합니다만……."

"정보의 관리의 문젭니까?"

"예. 일단은 기수로 급을 나눈 뒤 호봉제를 실시하고 있긴 합니다만 이것으로 밖으로 새는 정보를 막을 수 있을 것 같진 않습니다."

단체의 규모가 커지면 어쩔 수 없이 내부의 적이 생기게 마련이다.

같은 일을 하고 같은 월급을 받는다 해도 누군가는 만족하지만 누군가는 불평을 하기 때문이다. 불평을 하는 이들은 조금 더 나은 대우를 받길 원하고 그게 이루어지지 않을 시 다른 생각을 한다.

이를테면 사내 정보를 유출해 크게 한탕을 친다든가 하는.

물론 실행에 옮겨 성공할 가능싱은 한없이 0에 수렴하지만 단 한 번이라도 성공한다면? 단체는 엄청난 타격을 받을 수밖에 없다.

조훈현은 그것을 우려하고 있는 것이다.

"그런 생각 할 시간도 없이 돌리십시오."

"…예?"

"얼마 전 기사를 보니 지구에 있는 차원문을 없애기 위해서는 지구의 모든 각성자가 달려들어도 3년 이상이 걸릴 거라는 연구 결과가 나왔다는 말이 있었습니다."

"예."

"거기로 보내십시오. 근무 환경이 문제라고 하면 다른 나라의 차원문을 부수라 보내고, 동료가 마음에 안 든다면 새로운 팀을 꾸려주면 되는 겁니다. 물론 눈코 뜰 새 없이 바쁜 건 마찬가지겠지만 말입니다."

너무 단순해서 누구나 생각하지만 입 밖으로는 꺼내지 않는 방법이다.

"너무… 악덕 사장 아닙니까?"

"사장이 돈을 떼먹거나 중간 마진을 챙긴다면 악덕이겠지만, 돈은 자기들이 전부 가져가는데 뭐가 문제가 됩니까?"

"…그건 또 그러네요?"

조훈현이 깨달음을 얻은 건지 아닌지 헷갈려 하고 있는 사이 신혁돈은 그에게서 시선을 돌려 헤르메스를 바라보았다.

헤르메스는 입안에서 얼음을 돌리고 놀다가 신혁돈과 눈이 마주치자 후딱 깨 먹고서는 그의 시선을 받았다.

"가이아 이야기에 진전은 있나?"

"뭐?"

"악신이라 했던 거."

그제야 헤르메스는 아아, 하고선 말했다.

"별다른 건 없어. 시간 날 때마다 이것저것 찾아보고 있긴 한데… 말 그대로 신화인지라 확실하지 않은 정보가 너무 많아서 말이지."

"그래서?"

"말했잖아. 별다른 건 없다고."

신혁돈은 헤르메스의 눈을 지그시 바라보았다. 그는 부담스러운 눈초리에 미간을 찌푸리며 말했다.

"왜, 뭐 숨기는 거 없어. 진짜 별다른 거 없다니까?"

신혁돈은 짧게 고개를 끄덕인 뒤 조훈현을 바라보았다. 그는 생각이 어느 정도 정리가 되었는지 신혁돈의 눈을 바라보았다.

그러자 눈을 마주친 신혁돈이 말했다.

"아이기스 창설 기획 당시 말했던 두 번째 계획 기억하십니까?"

"그럼요."

"이번에 한국으로 돌아가시면 바로 실행하십시오."

"벌써 말입니까?"

"예. 언제까지 아이기스와 패러독스가 독점할 순 없지 않겠습니까."

두 사람의 대화를 듣고 있던 헤르메스가 멍한 얼굴로 물었다.

"무슨 얘기를 하시는 겁니까?"

그의 물음에 마찬가지로 가만히 있던 간수호가 설명했다.

"아, 마왕의 시련을 이야기하는 겁니다. 아이기스의 길드원들 중 믿을 만한 이들을 추려 마왕의 시련 공략에 도전 중입니다. 아직 2단계까지밖에 뚫지 못하긴 했지만 말입니다."

헤르메스가 천천히 고개를 끄덕이자 간수호가 설명을 이어 갔다.

"두 분이 이야기하신 두 번째 단계라는 건 마왕의 시련을 대중들에게 공개하고 가이아의 목소리를 공개적으로 수집하는 겁니다."

"그런 다음에는요?"

"가이아의 목소리를 모은 뒤 여러 길드를 연합시켜 시련을 클리어하는 겁니다. 아무래도 시련의 경우 하나의 길드가 감당하기에는 벅찬 난이도를 자랑하니까요."

"…오."

헤르메스가 진심으로 감탄한 듯 두 눈을 동그랗게 떴다.

"만약 아이기스가 나서서 가이아의 목소리를 모으고 모든 마왕의 시련을 클리어해 나가기 시작한다면… 엄청난 속도로 클리어가 가능하겠군요."

"예, 저희의 목표가 바로 그겁니다."

헤르메스는 박수를 두어 번 친 뒤 말했다.

"저희 진실의 눈도 힘을 더하겠습니다. 전에 말씀드렸다시피 가이아의 목소리 두 개를 가지고 있거든요."

"그래주시면 감사하죠."

두 사내가 대화를 나누는 사이 신혁돈과 조훈현 또한 따로
대화를 나누었다.

"그럼 한국으로 돌아가는 대로 가이아의 목소리를 공개하
겠습니다."

"예. 그렇게 하십시오."

"그리고, 세이비어를 잡은 뒤에는 어떻게 하실 생각이십니
까?"

"아이가투스의 8번째 시련에 도전할 겁니다. 아, 그 전에 길
드원들이 많이 지쳐 있어서 휴가를 갈 생각입니다."

"어디로 말입니까? 푸껫이나 괌, 발리같이 유명한 섬들은 거
의 다 아웃랜드화되어 버려서 힘들 텐데 말입니다."

"러시아로 갈 생각입니다."

말을 마친 신혁돈의 입꼬리가 묘하게 올라갔는데 그 모습
이 마치 질 나쁜 장난을 준비하는 어린아이의 그것과 비슷했
다.

"러시아… 말입니까?"

"예."

이유를 묻고 싶었지만 왜인지 물으면 안 될 것 같은 기분이
든 조훈현은 대충 고개를 끄덕여 대화의 주제를 돌렸다.

"아, 그 패러독스의 김민희 씨 있지 않습니까."

"예."

"그분이 요즘 걸레짝을 들고 다닌다는 말을 들어서 말입니다."

신혁돈은 스테이크를 썰기 위해 나이프를 들다 피식 웃으며 물었다.

"누가 그럽디까?"

"뭐 여기저기 눈이 있으니까요. 어쨌거나 그래서 유니크 등급 하나 준비했습니다."

"오, 감사합니다."

"아뇨. 거대한 방패를 쓰는 각성자가 거의 없다 보니 유니크 등급이라고 해도 애물단지가 돼서 말입니다."

맞는 말이라 신혁돈은 고개를 끄덕였고 조금 더 목에 힘을 주고 싶었던 조훈현은 결국 입술을 비죽인 뒤 말을 이었다.

"호텔로 보내 드릴까요? 아니면 병원으로?"

"지금 가지고 계십니까?"

"예. 밖에 있습니다."

"그럼 가는 길에 차에 싣고 가죠."

고개를 끄덕인 조훈현이 어디론가 전화를 건 뒤 말했다.

"나가시는 길에 드리겠습니다. 그런데 부피가 좀 큰데… 괜찮으시겠습니까?"

"예."

대충 대화가 끝나고 나서야 식사가 시작되었다. 식은 음식들을 다시 조리해 달라 한 이들은 앞으로의 계획에 대해 이야기를 나누었고, 곧 식사를 마쳤을 때는 자정에 가까운 시간이 되어 있었다.

식사를 마치고 밖으로 나오자 조훈현과 간수호는 한국으로 돌아간다며 짧은 인사를 나눈 뒤 헤어졌다.

신혁돈은 아이기스에게서 받은 거대한 나무 상자를 연 뒤 방패를 꺼내 들었다.

"…맙소사."

방패를 본 헤르메스는 기겁을 하며 뒤로 물러섰고 담대한 신혁돈조차도 움찔하며 방패를 내려놓았다.

"방패라 애물단지가 아니라 생긴 게 애물단지였군."

신혁돈의 말에 격하게 동의하는지 마구 고개를 끄덕인 헤르메스가 말했다.

"이걸 민희 씨 준다고?"

"기겁을 하겠군."

"그래도 유니크니까……."

"알아서 쓰겠지."

방패와 눈을 마주친 신혁돈은 기분이 나쁘다는 듯 나무 상자의 뚜껑을 닫아버린 뒤, 차에 실었다.

그러고는 차에 오르자 헤르메스가 조수석에 오르며 물었다.

"설마 움직이진 않겠지?"

"방패가? 아서라."

"그래도 혹시……."

신혁돈은 그의 말을 무시하며 액셀을 밟았고 두 사내가 탄 차는 병원으로 향했다.

*   *   *

다음 날.

헤르메스와 함께 간단히 아침 식사를 마친 신혁돈은 김민희를 불렀다.

무한한 생명력을 가지고 있는 그녀와 별다른 상처를 입지 않은 이서윤, 그리고 홍서현은 병원이 아닌 호텔에 있었기에 신혁돈의 부름에 금방 그의 방에 도착했고 나무 상자를 발견했다.

"주실 게 있다고요?"

"열어봐라."

김민희가 들뜬 얼굴로 나무 상자를 향해 걸어갔고 그녀와 함께 온 홍서현과 이서윤 또한 궁금한 얼굴로 김민희를 따랐다.

김민희가 나무 상자에 손을 얹은 순간.

쿵!

나무 상자가 들썩였다.

"…이거 동물이에요?"

"아니, 방패다."

김민희는 본능적으로 나무 상자에서 물러서며 신혁돈에게 물었고, 그는 특유의 무표정한 얼굴로 답했다.

그러자 이서윤이 물어왔다.

"제 감각 기관에 이상이 온 게 아니라면 이 상자 안에 있는 무언가가 움직인 거 같은데요. 그럼 방패가 움직였다는 말인가요?"

"그렇지."

"…방패가?"

그녀가 되묻자 신혁돈은 고개를 끄덕이는 것으로 답을 대신했고 김민희는 얼굴에 가득 차 있던 기대를 지운 채 불안한 얼굴이 되어 신혁돈과 헤르메스를 번갈아 보았다.

"일단 열어보죠."

개중 가장 겁이 없는 홍서현이 나서서 나무 상자의 뚜껑을 쥐었고 그녀의 뒤에 서 있던 김민희는 이서윤의 손을 쥐었다.

그리고 뚜껑이 열렸을 때.

키릭.

"오……."

알 수 없는 소리와 함께 홍서현이 미간을 찌푸렸다. 그러고
는 두 걸음쯤 뒤로 물러서며 팔짱을 꼈고 김민희의 얼굴은 더
욱 울상이 되었다.

"뭐예요?"

"나 눈 마주쳤어요. 저거랑."

"눈이요?"

이서윤은 궁금증을 참지 못하고 김민희의 손을 질질 끌며
나무 상자로 향했고, 곧 기겁하며 비명을 질렀다.

"꺄악!"

"저… 저게 뭐야!"

"방패."

보다 못한 신혁돈이 일어서 나무 상자에서 방패를 꺼내 들
었고 그녀들을 기겁하게 만든 방패의 정체가 만천하에 공개되
었다.

연의 모습을 닮았다 하여 카이트 실드라는 이름이 붙여진
대형 방패와 비슷하게 생긴 방패였다.

조금 다른 점이라면 방패의 한가운데 거대한 눈이 달려 있
고, 그 옆으로 어른 손가락만 한 이빨이 수도 없이 자라 있다
는 것이었다.

그뿐만 아니라, 방패 전면부를 빼곡히 채우고 있는 이빨들
은 마치 살아 있는 동물의 그것처럼 조금씩 꿈틀거리며 움직

이고 있었다.

김민희는 방패와 눈이 마주치자 기겁을 하며 이서윤의 뒤로 숨었고 이서윤 또한 방패와 눈이 마주치기 싫은지 고개를 돌려 버렸다.

신혁돈은 그녀들의 반응은 안중에도 없는지 방패를 발치에 내려놓으며 설명을 시작했다.

"이름은 비홀더의 눈. 등급은 유니크. 특징으로는 방패에 공격력이 붙어 있다는 것과 사용자와 시야를 공유한다는 것 정도가 있다. 게다가 에고, 즉 생각을 하는 아이템으로서 능력으로는 최상급 유니크에 랭크되어도 손색이 없는 아이템이지."

신혁돈의 말이 끝나자 그의 말이 맞다는 듯 비홀더의 눈이 키득거리는 소리를 흘렸다. 하지만 두 여자는 아이템의 성능이 어떻든 간에 비주얼에서 온 충격에서 헤어나질 못하고 있었다.

"…방금 저게 소리 낸 거죠?"

"그런 것 같은데."

두 여자가 기겁을 하는 사이 신혁돈은 김민희에게 걸어가 방패를 건넸다.

"으… 으으."

원래 가지고 있던 방패는 더 이상 방패의 역할을 할 수 없을 정도로 파괴된 상황. 김민희는 울며 겨자 먹기로 비홀더의 눈을 받아들며 눈을 감아버렸다.

그 순간.

[내가 마음에 들지 않아?]

김민희의 머릿속에 앳된 소녀의 목소리가 들려왔다. 그녀는 당황하며 비홀더의 눈을 바라보았고 그 순간.

[그래. 내가 말한 거야.]

"맙소사. 이거 말하는데요?"

"내 설명을 귓등으로 들었나 보군."

김민희는 비홀더의 눈을 바라보며 대화를 시작했고 그 모습을 보고 있던 이서윤은 팔뚝에 돋은 소름을 문지르며 홍서현의 옆에 찰싹 달라붙었다.

그러자 홍서현이 턱으로 김민희를 가리키며 말했다.

"볼만하겠어요."

"뭐가요?"

"괴물 같은 방패를 쓰고 10개의 창을 자유자재로 다루는 여전사. 그림 좋지 않아요?"

"제가 살아오면서 본 그림 중에 그런 그림은 없던데요. 앞으로 보고 싶지도 않고……."

"앞으로 질리도록 볼 것 같은데 미리 익숙해지세요. 눈도 좀 마주치고 그러면서."

홍서현의 말에 비홀더의 눈을 힐끗 바라본 이서윤이 진저리를 치는 사이 김민희는 아예 소파에 앉아 비홀더의 눈과 대화를 나누기 시작했고, 그 모습을 본 신혁돈은 고개를 끄덕인 뒤 헤르메스에게 말했다.

"병원에 갈 건데, 따라올 건가?"

"그래. 길드원들한테 할 말도 있으니."

두 사람이 일어서자 홍서현이 신혁돈에게 말했다.

"전 여기 있을게요."

"저도요. 다녀오세요."

인사를 받은 신혁돈은 비홀더의 눈과 이야기를 하는 김민희를 한 번 바라본 뒤 헤르메스와 함께 병원으로 향했다.

"과일이라도 사 갈까?"

"아서라."

실없는 대화를 나누는 사이 두 사람이 병원에 도착했다.

어디서 정보가 샌 건지 병원의 앞에는 기자들이 진을 치고 있었다. 하지만 거대한 방패 문양이 새겨진 옷을 입은 이들이 그들을 통제하며 병원에 들어오지 못하게 하고 있었다.

신혁돈은 그들의 인사를 받으며 입구를 통과한 뒤 헤르메스에게 물었다.

"저 문양이 아이기스였던가."

"…세상에. 네가 소속된 연합 문양도 몰라?"

"관심이 없어서 말이지."

"맞아. 방금 봤던 민무늬 방패는 1기 아이기스. 2기부터는 문양을 새겨 넣었다고 하는데 그것까진 잘 모르겠군."

고개를 끄덕인 신혁돈은 곧바로 엘리베이터에 탑승해 7층 버튼을 눌렀다. 로비를 지나 엘리베이터에 오르는 사이 신혁돈의 감각에 걸린 각성자의 수만 하더라도 스물이 넘었다.

신혁돈은 엘리베이터가 올라가는 사이 헤르메스에게 말했다.

"너희 길드원들인가?"

거울을 바라보며 머리를 손질하던 헤르메스는 신혁돈의 말뜻을 이해하고선 답했다.

"아이기스 쪽도 있고, 콩고물 떨어질 거 없나 하는 놈들도 있고."

"할 거 없는 놈들 참 많아."

"지구상에서 가장 뜨거운 감자인 패러독스가 상처를 입었으니 그럴 수밖에. 모르면 몰라도 패러독스 길드원 하나둘쯤 꺾은 다음에 '내가 패러독스를 꺾었다' 하고 이름값 좀 높여보려는 놈도 있을걸."

말이 좋아 꺾었다지, 실상은 목숨을 노리는 것이나 마찬가지다.

"정신 나간 놈들."

"그런 놈들이 한둘인가. 하지만 걱정 말게나, 친구. 우리 진실의 눈이 패러독스를 지켜줄 테니!"

실없는 농담에 헛웃음을 흘리는 사이 엘리베이터가 열렸고 곧 휴게실에 모여 있는 패러독스의 길드원들을 발견할 수 있었다.

개중에는 반가운 얼굴, 고준영도 앉아 있었다.

여전히 가슴에 두꺼운 붕대를 감고 링거를 꽂은 채긴 했지만 전보다 훨씬 얼굴이 밝아진 모습에 신혁돈의 입가에 미소가 걸렸다.

"형님!"

고준영 또한 반가웠는지 신혁돈을 보며 벌떡 일어났다가, 현기증이 느껴지는지 관자놀이를 부여잡았다.

"앉아, 인마."

신혁돈과 헤르메스가 휴게실에 비치된 소파에 앉았고 짧게 인사를 나눈 뒤 신혁돈이 고준영을 보며 말했다.

"살 만하냐?"

"그럼요."

고준영은 멋쩍은 듯 뒤통수를 긁으며 웃었고 그 모습을 본 길드원들의 입가에 미소가 걸렸다.

"헤르메스한테 감사해라. 이 사람이 데려온 카야라는 분이 치료해 주신 거니까."

"안 그래도 인사했습니다."

고준영뿐만 아니라 상처를 입은 길드원들 또한 얼굴이 밝아졌다. 몸을 움직이는 모습이 한결 수월해진 걸 보니 카야의 치료 스킬이 상당한 경지에 올라 있는 것을 알 수 있었다.

"카야는?"

"피곤하다고 쉬러 갔습니다."

"민희랑 서윤 씨, 그리고 서현 씨는 호텔에 있습니까?"

"선물 뜯느라 바쁘다. 그건 그렇고 할 이야기가 있다."

신혁돈이 말한 '선물'이 뭔지 궁금하긴 했지만 그보다 이야기가 중요했다. 길드원들의 눈이 신혁돈에게로 집중이 되자 신혁돈이 이야기를 시작했다.

"이틀 후, 세이비어를 칠 거다."

다짜고짜 본론을 이야기한 덕에 이해를 못 한 이들이 눈을 껌뻑였고 신혁돈이 말을 이었다.

"상태를 보니 이틀이면 다 나을 것 같아서 하는 소리야. 어쨌거나 이틀 후 20시까지 치료를 받고 21시에 출발한다."

"세이비어가 잠수 타고 있는 곳으로 말입니까?"

"그렇지."

일행들은 고개를 끄덕이면서도 걱정스럽다는 눈으로 고준영과 윤태수를 바라보았다. 꽤 커다란 상처를 입은 이들이기에 이틀 만에 회복하고 움직일 수 있을지를 걱정하는 것이다.

두 사람은 멀쩡하다는 것을 보여주기 위해 허리와 가슴을 폈고, 그 아이 같은 모습에 길드원들이 헛웃음을 흘렸다.

"카야에게 계속 치료를 받으면 이틀이면 충분히 나을 수 있을 거다."

신혁돈의 말에 헤르메스가 미간을 찌푸리며 물었다.

"카야가 네 길드원이야?"

"그래서 안 도와줄 건가?"

"그건 아니지만……."

괜히 말을 꺼냈다 본전도 찾지 못한 헤르메스가 찌그러지자 신혁돈이 말을 이었다.

"호루스의 눈이 습격을 당하고 닷새. 세이비어와 가이드는 꽤 많은 준비를 했을 게 분명하다. 룰러나 컨커 같은 괴물을 한 마리 더 만들어놨을 수도 있고 함정을 파놓았을 수도 있지."

신혁돈은 한 템포를 쉬며 길드원들의 눈을 하나씩 전부 바라본 뒤 말을 이었다.

"그렇다고 해서 함정을 모두 파악하고 세이비어의 전력을 와해시킨 뒤 습격하기에는 우리가 가진 시간이 너무 부족하다. 앞으로 나타날 그레이트 화이트 홀, 붕괴되는 차원문, 아웃랜드. 거기에 아이가투스의 시련까지."

길드원들이 짧은 한숨을 뱉는 사이 신혁돈이 말했다.

"게다가 중간에 휴가도 가야 하니 시간은 더욱 모자라지."

그의 입에서 나온 휴가라는 두 글자에 생기가 빠져나갔던 길드원들의 눈이 반짝이기 시작했다.

개중 고준영은 복권이라도 맞은 사람처럼 밝은 얼굴로 물어 왔다.

"휴가 말입니까?"

"넌 그것만 들리지?"

"하하… 그건 아닙니다만. 저희 휴가 갑니까?"

"그래. 세이비어만 잡고 한 일주일 정도."

"오오! 어디로 갑니까?"

"그건 세이비어를 잡고 나서 말해주지."

헤르메스는 산통을 깨기 위해 '너희 러시아 간다!' 하고 말 해주고 싶었지만 그러기엔 길드원들의 눈이 너무나 아름답게 빛나고 있었다.

'그렇게 쉬고 싶었나……'

당장 거대한 적이 눈앞에 도사리고 있는데 휴가라는 두 글 자만으로 이토록 기뻐할 수 있다니.

두 글자로 이들의 감정을 컨트롤하는 신혁돈이 새삼 대단 하게 느껴지기도 했지만 한편으로는 굉장한 악덕 길드 마스터 구나, 하는 생각도 들었다.

'평소에 얼마나 굴리면……'

헤르메스가 생각하는 사이 신혁돈이 말을 끝맺었다.

"지금 당장 너희가 집중해야 할 건 세이비어를 잡는 것도, 휴가도 아니야. 일단 몸 상태를 최상으로 만드는 데 집중해라."

"넵!"

신혁돈의 말이 끝나기 무섭게 고준영이 크게 대답했고 나머지 길드원들 또한 밝은 얼굴로 대답했다.

이틀 후 밤. 고준영의 병실.

질끈!

고르곤의 가죽으로 된 부츠의 끈을 조여 묶은 고준영이 허리를 펴고 일어서서 거울 앞에 섰다.

"흠."

요 며칠 침대에 누워서 병원 음식만 먹다 보니 피부가 까슬해지고 얼굴이 수척해진 느낌이 들었다.

자신의 얼굴을 이리저리 만져보던 고준영이 말했다.

"휴가 가서 놀다 보면 좋아지겠지?"

씨익.

미소를 지으며 거울 속 자신과 눈을 맞춘 고준영은 곧 나머지 장비들을 확인해 보았다.

모든 것이 준비되자 고준영은 다시 한 번 거울 앞에 서서 자신의 가슴을 텅 소리 나게 두들긴 뒤 말했다.

"자, 가보자!"

제3장

구원자 I

고준영을 마지막으로 모든 패러독스의 길드원들이 휴게실에 모였다.

검은 길드복을 입고 무장을 한 이들은 방금까지 늘어져 있던 이들이 맞나 싶을 정도로 날이 서 있는 모습이었고 그 모습을 본 헤르메스가 탄성을 흘렸다.

"대단해."

휴식을 취할 때와 일을 해야 할 때를 정확히 분간한다는 건 말처럼 쉬운 일이 아니다. 하지만 신혁돈이 이끄는 패러독스는 그 경계선을 칼처럼 지키고 있었다.

'그것 때문에 이렇게 빠르게 강해질 수 있는 건가?'

헤르메스가 의문을 가지며 길드원들을 바라보는 사이, 모두가 모인 것을 확인한 신혁돈이 헤르메스에게 말했다.

"너도 함께 간다."

"뭐? 나도? 안 된다며?"

전에 말했을 때는 '약해서 안 된다'고 하다가 이번에는 합류하라니. 헤르메스가 의아한 눈으로 보자 신혁돈이 답했다.

"밀리 계열이 한 명 더 필요해. 싫어?"

"그건 아니지만……."

갑작스러운 제안. 헤르메스는 멍한 얼굴로 길드원들을 한 번 바라본 뒤 고개를 끄덕였다.

"그러시."

"나머진 가면서 설명하지. 이동."

얼결에 합류하게 된 헤르메스를 제외한 패러독스 길드원들이 신혁돈의 뒤를 따라 병원의 옥상으로 올라갔다.

헤르메스는 '나가려면 아래로 가야 하지 않나?' 하는 의문을 품고선 길드원들의 뒤를 따랐고 옥상에 도착했을 때 자신의 걱정이 헛된 것임을 깨달았다.

"세상에… 저거 전에 봤던 도시락 맞지? 저렇게 커졌단 말이야?"

헤르메스가 놀라는 사이 길드원들은 자연스럽게 도시락의

등에 올랐고 홀로 남은 헤르메스 또한 허겁지겁 도시락의 등에 올랐다.

그 순간.

도시락이 날개를 펼쳤고 몸이 떠오른다는 느낌이 듦과 동시에 엄청난 속도로 구름이 가까워지기 시작했다.

"오, 맙소사."

헤르메스는 떨어지지 않기 위해 도시락의 검은 깃털을 부여잡으며 몸을 낮추었다.

한껏 몸을 낮춘 헤르메스는 드디어 주변을 둘러볼 여유가 생겼고 다시 한 번 충격을 받았다.

'다들… 서 있네?'

자신을 제외한 모든 패러독스의 길드원들은 익숙하다는 듯 도시락의 등에 서서 여기저기를 바라보고 있었다. 그것으로도 모자랐는지 신혁돈과 윤태수는 도시락의 등 위를 걸어 다니며 대화를 나누고 있었다.

'뭐 하는 괴물 놈들이야?'

헤르메스가 경악을 하고 있는 사이 백종화는 도시락을 비롯한 길드원들에게 투명화를 건 뒤 신혁돈을 향해 걸어갔다.

신혁돈은 윤태수와 무슨 대화를 나누고 있다가 백종화가 오는 것을 보고선 고개를 까딱였고 윤태수의 시선 또한 백종화를 향했다.

"계획 좀 알려주십시오."

"가서 죽인다."

"…끝입니까?"

신혁돈은 대답 대신 고개를 끄덕였다. 백종화는 진짜냐는 의미로 윤태수를 바라보았지만 그 또한 고개를 끄덕이자 미간을 찌푸렸다.

그러자 신혁돈이 백종화에게 말했다.

"조금 이따 자세히 설명해 줄 테니 가 있어라."

그제야 백종화는 알겠다는 듯 고개를 끄덕인 뒤 물러섰고 그 와중에 헤르메스를 발견했다.

그는 도시락의 깃털에 몸을 묻은 채 어떻게든 일어서 보기 위해 꿈틀거리고 있었다.

바람을 다루며 분신을 만들고 올마이티의 길드원들을 농락하던 패기 넘치는 모습은 어디로 갔는지…….

짧게 한숨을 뱉은 백종화는 지렁이처럼 꿈틀거리는 헤르메스의 옆으로 걸어간 뒤 한쪽 무릎을 꿇고 말해주었다.

"바람을 다루지 않으십니까?"

"…예?"

"바람을 다뤄보십시오."

백종화가 헤르메스에게 걸음마를 알려주는 사이에도 도시

락은 쉴 새 없이 움직였고 워싱턴 DC에서 한밤중에 출발한 이들은 서쪽으로 거의 14시간을 비행한 뒤에야 인디애나 주 서남부에 있는 항구도시 에번즈빌에 도착할 수 있었다.

$$* \qquad * \qquad *$$

에번즈빌은 미시시피 강의 지류인 오하이오 강이 북쪽 연안에 위치하는 항구도시로 공업이 발달한 도시이며 오메가(Ω) 모양으로 휘돌아 나가는 오하이오 강 덕에 공업과 상업, 그리고 교통과 문화의 요충지로 꽤나 발달된 도시였다.

신기한 점이라면 도시의 남부에 선 하나를 그어두고 그 아래로는 전부 곡창지라는 점이었다.

"신기한 도시네."

"그러게."

공업 도시와 곡창지가 한 도시에 붙어 있으면서도 경계선이 이토록 명확히 나누어져 있는 게 신기할 만도 했다.

길드원들은 14시간을 비행한 피곤함마저 잊고 도시를 구경했고 그사이 신혁돈은 도시락의 머리로 올라가 방향을 지시했다.

도시락이 착륙할 장소를 물색하는 사이 신혁돈이 이야기를 시작했다.

"지금까지 얻은 정보를 취합해 보면 세이비어는 마왕의 힘을 지구로 끌어오는 매개체다. 쉽게 말하자면 호스 정도 되겠군."

헤르메스는 하루 만에 익숙해졌는지 이제는 안정된 자세로 앉아 신혁돈의 말에 귀를 기울였다.

"호루스의 눈 멤버들의 기억에도 세이비어가 직접 힘을 사용한 적은 없었다. 그는 그저 힘을 나누어주고 호루스의 눈들에게 명령을 내리는 존재였지. 그렇기에 그에 대한 정보가 전무하다 보아도 무방한 상태지. 그에 비해 가이드에 대한 정보는 많다."

도시락이 착륙할 자리를 찾았는지 고도를 낮추기 시작하자 신혁돈 또한 자리에 앉으며 말을 이어갔다.

"차원 관문, 즉 이동하는 게이트를 만드는 데 특출한 능력을 보이며, 몸 전체를 수십 등분으로 나누어 마계의 생물을 소환해 싸운다. 전에 보았던 도마뱀들을 생각하면 편하겠군."

신혁돈의 말에 길드원들은 고개를 끄덕였다.

하지만 헤르메스는 이해가 되지 않는다는 듯 고개를 갸웃했다.

"몸을 나누어 마계의 생물을 소환한다고?"

"직접 보면 안다."

말 한마디로 그의 질문을 일축한 신혁돈이 설명을 이어갔다.

"세이비어의 은신처는 오래된 저택이다. 4층으로 된 건물이며 독채다. 크기는… 이서윤의 집보다 조금 크겠군. 1분 정도 더 하강하면 보일 테니 외관은 그때 보도록 하고. 내 작전은 간단하다. 그의 저택 전체가 함정일 가능성이 높기에 집을 부순 뒤 튀어나오는 적을 상대한다."

아주 간단하면서도 무식하기 그지없는 방법이었지만 그만큼 효과적인 작전에 길드원들이 고개를 끄덕였다.

"집은 어떻게 부숩니까?"

고준영의 질문에 신혁돈이 안지혜를 바라보며 말했다.

"땅을 뒤집어서."

안지혜의 능력이라면 건물이 아니라 빌딩 한 채 정도는 무너뜨릴 수 있다. 신혁돈의 설명에 고준영이 고개를 끄덕이자 길드원들이 이것저것 질문을 해왔다.

모든 질문에 답변을 해준 신혁돈이 도시락의 날개 아래에 주먹만 한 크기로 보이는 저택을 가리키며 말했다.

"저기다."

신혁돈의 시선이 닿은 곳을 바라보자 곡창지 한가운데 어색하리만치 큰 숲이 펼쳐져 있었고 그 사이에 저택이 있었다.

낡을 대로 낡은 저택은 고즈넉한 분위기를 풍겼고 져가는 노을이 더해지자 약간은 으스스한 분위기가 내려앉아 있었다.

"분위기 죽이네."

윤태수의 한 줄 감상평이 끝날 무렵 도시락은 숲속으로 내려앉았고 그의 날개에 걸린 나무들이 우지끈 소리를 내며 부러졌다.

"우리가 왔다고 광고하는 꼴인데 이거."

"별수 있나."

무슨 수작이 펼쳐져 있을지 모르는 숲을 맨몸으로 통과하느니 이런 식으로 들이닥치는 게 훨씬 나았다.

도시락의 날갯짓 몇 번으로 숲에는 공디가 생겨났고 그사이 길드원들은 도시락의 등에서 내리며 주위를 경계했다.

모든 사람이 내리자 도시락은 변신을 시작했고 곧 신혁돈의 육눈수리 몬스터 폼과 비슷하게 생긴 모습으로 변했다.

"오……."

헤르메스가 또다시 감탄하는 사이 신혁돈은 요동치는 에르그 에너지를 느끼며 하늘을 올려다보았다.

"무언가 있다."

숲에 발을 디딘 순간, 밖에서는 느낄 수 없었던 에르그 에너지가 숲 전체를 감쌌고 그와 동시에 침입자의 정체를 알리

듯 마구 요동치고 있었다.

"괴물입니까?"

"아직 몰라."

숲 전체가 괴물이라고 보아도 무방한 상황. 신혁돈이 긴장하며 수르트의 불꽃을 소환하자 길드원들 또한 무기를 뽑아 들며 주변을 경계했다.

무언가 느껴지기 시작했는지 다들 예리해진 눈빛으로 주변을 살피기 시작했고 그 순간, 헤르메스가 분신을 만들어냈다.

녹색 에르그 에너지가 뭉쳐 든다 싶더니 사람의 모양을 만들어냈고 곧 헤르메스와 똑같은 모습이 되어 주변을 둘러보았다.

길드원들의 시선이 모일 때쯤 네 명의 분신이 생겨났고 그와 동시에 헤르메스가 말했다.

"정찰을 보내지."

신혁돈이 고개를 끄덕이자 헤르메스의 분신이 사방위로 달려 나갔다.

길드원들이 원형 방어진을 만들고 주변을 경계하는 사이, 신혁돈은 도시락에게 하늘에서 주위를 살펴보라고 명령했다.

그 순간.

"까아아악!"

하늘로 올라갔던 도시락이 괴로워하는 비명을 지르며 바다로 추락했고 신혁돈은 곧바로 세뿔가시벌레 몬스터 폼을 발동시키며 날아올라 도시락을 받아냈다.

"무슨······?"

모두의 시선이 하늘로 향했고 그와 동시에 빈 하늘에서 지직거리는 스파크를 발견할 수 있었다.

도시락을 받아낸 신혁돈은 길드원들에게 도시락을 건네준 뒤 하늘로 날아오르며 모든 감각을 극도로 개방시켰다.

'마법진인가.'

일정 고도에 오른 순간, 그의 몸 주변을 맴돌던 에르그 에너지가 번개 속성을 가지며 신혁돈의 몸을 노리고 쏘아졌다.

파지직! 파지직!

미리 대비를 하고 있었기에 별다른 피해 없이 공격을 막아낸 순간, 에르그 에너지들은 이것도 막을 수 있겠냐는 듯 어마어마한 압박을 해오기 시작했다.

신혁돈은 무의미한 힘 싸움을 막기 위해 고도를 낮추었고 그러자 에르그 에너지의 추격이 멈추었다.

'마법진은 아니다.'

마법진이라면 에르그 에너지의 움직임이 일정한 패턴을 띠어야 한다. 하지만 이 공간의 에르그 에너지는 일정한 패턴

없이 움직이며 신혁돈의 몸을 노렸다.

마치 생명체처럼.

그 순간.

신혁돈의 눈에 이채가 돌았고 땅에 내려온 그는 곧바로 길드원들에게 걸어가며 말했다.

"함정이다."

"예."

굳이 신혁돈이 일깨워 주지 않더라도 숲 전체가 함정이라는 것은 모두가 알고 있었다.

"숲 전체가 하나의 생명체로 보인다. 간단히 말하자면 우리는 지금 괴물의 뱃속에 들어와 있는 거나 다름없다."

"…예?"

이건 예상도 못 했다는 듯 길드원들의 얼굴이 형편없이 구겨졌다.

"말 그대로. 숲 전체의 에르그 에너지를 통솔하는 존재가 있다."

"그런 게 가능합니까?"

"지구에는 존재하지 않는 괴물이지만… 다른 차원에서 가드너 스파이더를 데려왔다면 가능하긴 하지."

"가드너 스파이더? 정원사 거미 말입니까?"

"부르기 편하라고 지어놓은 이름이야. 자신만의 공간을 만들어놓고 그 안에 들어오는 이들의 에르그 에너지를 빨아먹는 괴물이지. 이 정도의 가든을 가진 가드너 스파이더를 본 건 처음이다."

가드너 스파이더.

거미의 몸에 인간의 몸을 달아놓은 것 같은 생김새를 한 괴물로서 이름 그대로 자신의 정원을 가꾸는 괴물이다.

신체적 능력은 굉장히 부족하지만 에르그 에너지를 다루는 능력 하나는 어지간한 각성자들보다 뛰어나며 은신 능력 또한 어마어마하다.

본체를 찾아낼 수 있다면 아주 쉽게 제거할 수 있지만, 본체를 찾아내지 못한다면 가드너가 만들어낸 정원 안에서 죽을 때까지 헤메디 모든 에르그 에너지를 빨린 뒤 죽기만을 기다리는 수밖에 없다.

신혁돈의 설명을 들은 백종화가 천천히 고개를 끄덕이며 말했다.

"그러니까… 우리가 거미줄에 걸렸다, 뭐 이런 겁니까?"

"그거지."

그들의 말을 듣던 헤르메스는 모든 것이 해결되었다는 듯 해맑은 미소를 지으며 말했다.

"뭐야. 간단하네. 그럼 본체만 잡으면 된다는 거 아니야?"

"그렇지."

"그럼 갑시다!"

헤르메스는 미소를 유지한 채 멀리 보이는 저택을 향해 걸어가기 시작했으나 길드원들의 시선은 신혁돈에게로 향했다.

그의 판단을 기다리는 것이다.

신혁돈은 팔짱을 낀 채 저택과 헤르메스, 그리고 하늘을 바라본 뒤 천천히 고개를 끄덕이며 말했다.

"그것도… 괜찮군. 이동한다."

그의 말이 떨어진 순간, 모든 길드원들이 저택을 향해 걷기 시작했다.

*   *   *

패러독스의 길드원들은 원형 방어진을 만든 뒤 움직이기 시작했고 헤르메스는 계속해서 분신과 교감하며 눈을 감았다 뜨기를 반복했다.

그러면서도 제대로 걷는 모습이 꽤나 진귀한 모습이었지만 그의 모습을 신경 쓰는 이는 없었다.

모든 길드원들은 오감을 극도로 집중한 채 무기를 쥐고 사방을 경계하며 걷고 있었다.

부스럭.

얼핏 들으면 바람에 나뭇가지가 흔들리는 소리로 착각할 수도 있는 소리. 하지만 신혁돈은 진지하기 그지없는 표정으로 말했다.

"이 방향이 맞나 보군."

모든 길드원들의 시선이 신혁돈이 바라보고 있는 방향으로 돌아간 그 순간 숲속에서 붉게 반짝이는 점을 볼 수 있었다.

"큭."

붉은 점이 반짝임과 동시에 헤르메스가 두 눈을 가리며 멈추어 섰고 일행은 자연스럽게 멈춰 서며 사방을 경계하기 시작했다.

"다리가 많은 생물. 개미? 아니, 거미다. 마릿수는… 많군."

신혁돈의 말이 끝난 순간.

키에에엑!

나무껍질과도 같은 피부를 가진 거미들이 나무 위에서 떨어져 내렸다.

몸체만 1미터에 달하고 다리 길이가 2미터는 될 법한 거미들이 수도 없이 나타났고 그와 동시에 전투가 시작되었다.

화르륵!

푸욱!

촤아악!

제일 먼저 달려든 거미를 반으로 갈라 버린 윤태수는 한 발

앞으로 나서며 가슴을 펼쳤고 그의 가슴에서 고르곤의 분노가 발사되었다.

번쩍!

콰과과광!

고르곤의 분노는 거미와 나무를 가리지 않고 모두 태워 버리며 거대한 통로를 만들어냈지만 수많은 거미들이 순식간에 그 자리를 메꿨다.

윤태수는 짧게 혀를 차며 한 걸음 물러서며 검을 휘둘러 거미들의 접근을 막았다.

마음 같아서는 한달음에 달려 나가 거미 떼 사이에서 분탕질을 치고 싶었지만 그것은 윤태수의 몫이 아니다.

윤태수의 역할은 메이지들을 지키며 원형 방어진을 유지하는 것.

분탕질을 치는 것은…….

화르르르!

불꽃이 얼마나 크게 타올라야 불타는 소리가 들릴까?

윤태수의 머릿속에 의문이 든 순간.

푸른 불꽃이 그의 귀 옆을 스치고 지나가며 거미들을 불태우기 시작했다.

불이 붙은 거미들은 고통에 아랑곳하지 않고 패러독스를 공격하려 했다.

하지만 푸른 불꽃은 거미들이 움직이기도 전에 모든 다리를 태워 버렸고 몸통만 남은 거미는 김민희가 휘두르는 아엘로의 창의 밥이 되었다.

신혁돈은 거기서 멈추지 않고, 푸른 화염에 휩싸여 불타오르는 워해머를 쥐고선 거미 떼 사이로 뛰어들어 무차별적으로 휘둘러 댔다.

뻑! 뻑! 콰앙!

그의 워해머가 휘둘러질 때마다 거미들의 배가 터지고 불타올랐으며 길이 생겨났다.

거미들은 자신들이 상대할 수 없는 존재인 것을 깨달았는지 길을 틀어 원형 방어진을 이루고 있는 패러독스에게 향했지만 그마저도 여의치 않았다.

"솟구쳐라! 그리고 모두 죽여라!"

안지혜의 목소리와 동시에 땅에서 솟아난 거대한 땅의 거인 팔이 패러독스의 주변을 쓸어버렸다.

"참… 엄청나군."

전투에 참전할 생각도 하지 못하고 그 광경을 바라보고 있던 헤르메스는 고개를 휘휘 젓고서, 분신들을 만들어냄과 동시에 전장으로 뛰어들었다.

그가 휘두르는 바람은 날카로운 검과 창이 되어 거미들을 도륙했고 그의 분신들 또한 똑같은 방법으로 거미들을 학살했다.

그사이 비홀더의 눈 뒤에 숨은 김민희가 소리 질렀다.

"으아, 징그러워!"

그러면서도 쉴 새 없이 아엘로의 창을 움직이며 거미들을 사냥했다.

방패 뒤에 숨은 김민희의 눈에는 아무것도 안 보일 것 같았지만, 그녀는 비홀더의 눈의 스킬 '비홀더의 눈' 덕에 방패에 달린 눈과 시야를 공유해서 시야 확보에 아무런 문제가 없었다.

푹! 푹! 푹!

"허… 참."

거미보다 수십 배는 징그럽게 생긴 방패를 들고 거미를 학살하고 있는 김민희를 힐끗 본 고준영은 헛웃음을 치고선 자신에게 달려드는 거미를 가로로 양단했다.

촤아악!

녹색 체액이 사방으로 튀었지만 그것을 신경 쓰는 이는 없었다.

모두가 거미 떼와의 전투에 집중하고 있을 때.

백종화는 아무런 스킬도 사용하지 않고 주변을 살피고 있었다.

"어디냐……."

5분도 안 되는 사이에 패러독스의 주변에는 거미의 시체가 산처럼 쌓였다. 한데도 패러독스를 향해 달려드는 거미의 수는 줄지 않고 있었다.

이런 약해 빠진 거미 떼로는 패러독스를 상대할 수 없다는 것을 적도 알고 있을 것이다.

이대로라면 거미의 시체 때문에 운신의 폭이 좁아지고, 단순해진 싸움 패턴에 긴장을 푸는 순간 무언가에 당할 수도 있다.

적이 노리는 것은 분명 그것일 것이다.

백종화는 눈을 부릅뜬 채 거미를 조종하고 있을 본체를 찾기 시작했고 얼마 지나지 않아 미약한 에르그 에너지의 파동을 케치해 낼 수 있었다.

"거기군."

문제는 거리.

직선으로 500미터는 될 법한 거리를 뛰어넘어 타격하기 위해서는 신혁돈을 보내야 하는데 그랬다가는 이곳에 있는 길드원들에게 변수가 생겼을 때 대비할 수 없다.

그렇다면?

'연결만 끊는다.'

생각을 마친 백종화가 눈을 감았다. 그러고는 몸에 잠들어 있는 에르그 에너지를 끌어 올리며 언령을 발동시켰다.

"느껴진다."

그의 입에서 언령이 발동된 순간, 방금까지 미약하게만 느껴지던 에르그 에너지의 파동이 더욱 크게 느껴졌고 백종화는 거미 떼와 연결되어 있는 에르그 에너지의 실을 발견할 수 있었다.

"끊어져라."

톡.

그런 소리가 들리는 듯했다.

하나의 실이 끊어진 순간.

토도도독!

잘린 밧줄이 바닥에 떨어지듯, 거미 떼의 머리 위로 연결되어 있던 모든 실이 잘려 나가며 바닥으로 떨어졌다.

그 순간.

키에에……

키에! 키에!

자신의 안위 따위는 생각도 하지 않고 달려들던 거미들의 눈에 망설임이라는 감정이 피어났다.

쾅! 쾅! 콰르르릉!

그럼에도 신혁돈의 위해머는 멈추지 않았고, 그는 에르그 에너지가 넘쳐나는 듯 쇼크 웨이브와 수르트의 불꽃을 마구 사용하며 모든 거미들을 정리해 나갔다.

거미 하나가 뒤로 물러선 순간.

다다다다닥.

모든 거미들의 다리가 바닥을 두들겼고 그와 동시에 거미들이 몸을 돌리며 도망치기 시작했다.

"…가네?"

백종화가 언령을 사용한 것을 모르는 이들은 어리둥절한 얼굴로 물러가는 거미 떼를 보며 멍한 표정을 지었고 신혁돈만이 백종화를 바라보며 고개를 끄덕여 준 뒤 말했다.

"쫓는다."

말을 마친 신혁돈은 사방에서 불타고 있는 수르트의 불꽃을 회수하며 저택을 향해 걷기 시작했고 길드원들 또한 무기에 묻은 거미의 체액을 털어내며 그의 뒤를 쫓았다.

원형 방어진의 중앙에 서 있던 백종화는 걸음을 재촉해 앞서가는 신혁돈의 옆으로 다가서며 말했다.

"가드너 스파이더. 일반적인 괴물은 아닌 것 같습니다."

"근거는?"

"형님도 느끼셨을지 모르겠지만 에르그 에너지의 파동이 어지간한 차원지기들을 넘어섰습니다."

백종화의 말에 신혁돈이 고개를 끄덕이자 그가 말을 이었다.

"게다가 마왕의 기운도 섞여서 느껴지는 것을 보아… 세이비어와 가드너 스파이더 사이에 무언가 연결점이 있는 게 아닐까 싶습니다. 이를테면 세이비어가 가드너 스파이더의 몸을 가지고 있다거나. 뭐 그런 식으로 말입니다."

"흠."

가능성은 충분하다.

이 정도의 숲을 가꾸고 패러독스를 습격한 만큼의 거미 떼를 소환하려면 일반적인 가드너 스파이더로서는 몇백 년을 살아도 모으지 못할 정도의 에르그 에너지가 필요하다.

결정적으로 가드너 스파이더는 이 정도로 영리하지 못하다.

즉 다른 무언가의 개입이 있었다는 뜻.

"꼬이는군."

만약 세이비어가 가드너 스파이더의 능력을 가지고 있다면?

가드너 스파이더의 약점인 허약한 육체가 보강되었을 가능성이 높다.

그렇다면 패러독스는 가드너 스파이더를 비롯해 숲과 저택 전체와 싸워야 할지도 모른다.

신혁돈의 말에 백종화가 고개를 끄덕이자 신혁돈이 손을 들어 일행을 멈춘 뒤 뒤로 돌아 말했다.

"일단은 가정이지만, 가드너 스파이더와 세이비어를 동일 괴물로 생각하고 움직인다. 즉, 본체를 발견하더라도 어떠한 능력이 있을지 모르니 섣불리 덤비지 말고 무조건 경계부터 한다."

"넵."

"예."

다들 대답하자 신혁돈은 다시 일행을 움직이기 시작했고 얼마 지나지 않아, 일행의 시야에 저택의 외곽이 보이기 시작했다.

그럼에도 신혁돈은 서두르지 않았다.

이미 함정에 빠진 상황.

서두른다고 해서 해결될 것은 없으니 천천히 모든 변수를 제거히며 안전하게 가는 것이 옳나.

4층으로 된 저택의 유리창이 눈에 들어올 무렵.

뿌드득!

키에에에!

끼에!

숲 전체가 진동하며 사방에서 괴물의 울음소리가 들려왔다.

"쉽게 들여보내진 않겠다는 건가."

헤르메스가 혼잣말을 뱉었고 그와 동시에 길드원들이 무기를 굳게 쥐고 원형 방어진을 조금 더 넓게 펼쳤다.

그때, 신혁돈의 옆에 서 있던 백종화가 물어왔다.

"건물로 들어가는 건 어떻습니까?"

"딛고 있는 바닥도 바닥인지 믿을 수 없는 상황이다."

동문서답이긴 했지만 저택 안이 더 위험하다는 뜻은 충분히 전해졌고 백종화는 고개를 끄덕인 뒤 자신의 자리를 찾아갔다.

길드원들이 완전히 자리를 찾은 순간.

드드드득!

그들이 딛고 있던 땅이 진동하며 지진이라도 난 듯 갈라졌다.

"움직여!"

신혁돈이 소리친 순간.

땅이 갈라지며 3미터는 넘을 것 같은 자이언트 웜이 튀어나와 허공을 물어뜯었다. 지렁이와 비슷한 생김새지만 크기에서 비교할 수 없을 정도로 거대했다.

콰아아아!

패러독스가 재빨리 물러서며 자이언트 웜을 공격하려 한 순간.

"진형 먼저 갖춰!"

신혁돈이 소리쳤고 길드원들은 무너진 진형을 갖추었다.

그와 동시에 신혁돈이 하늘로 솟구쳐 오르며 수르트의 불꽃에 휩싸인 워해머를 휘둘러 자이언트 웜의 입을 깨부쉈다.

키에엑!

자이언트 웜이 등장할 때와는 다르게 비참한 모습으로 쓰러진 순간.

"온다!"

그들을 둘러싸고 있던 나무들이 뿌리를 들고선 패러독스를 공격해 오기 시작했다.

땅속에서 송곳 같은 뿌리가 솟아나 일행의 발목을 노렸고 머리 위에서 떨어진 두꺼운 나뭇가지가 일행의 머리를 노렸다.

쾅!

서걱!

텅!

"막아!"

겉보기엔 나무였지만 그 강도는 쇠와 비견해도 전혀 모자람이 없었다.

나무가 튀어나올 줄은 상상도 못 했던 길드원들은 당황하며 나무의 공격을 막아냈다.

만약 신혁돈의 명령이 조금이라도 늦었다면 방어진조차 갖추지 못했을 것이고 몇 명은 상처를 입었을 것이었다.

"이리로!"

길드원들은 방어진을 유지한 채로 유기적으로 움직이며 거대한 나무를 피했고 그와 동시에 반격을 해내가기 시작했다.

그와 동시에 바닥에서는 각양각색의 자이언트 웜들이 솟아났고 그들과 함께 송곳 같은 뿌리들도 길드원들을 노렸다.

그로는 모자랐는지 도망쳤던 거미들과 어디서 튀어나왔는지 모를 처음 보는 괴물들까지 전투에 가세했다.

전황을 살피며 힘을 아끼던 백종화의 눈이 빠르게 전장을 훑었다.

'이대론 안 된다.'

땅속과 하늘, 땅 위까지 모두 점령당한 상황. 단 하나라도 우위를 점해야 한다.

결정을 내린 순간.

백종화가 무릎을 꿇고 땅에 손을 박아 넣으며 소리쳤다.

"얼린다!"

그 순간.

사아아아아아!

쩌적! 쩌저저적!

백종화의 손에서 믿을 수 없을 정도로 차가운 한기가 땅을 파고들었고 그들이 딛고 있던 땅이 엄청난 굉음과 함께 얼어붙기 시작했다.

백종화의 생각을 읽어낸 신혁돈은 도시락과 눈을 마주쳤고

그 순간.

"까아아아아악!"

도시락이 변신을 해제하며 원래의 모습으로 돌아가 하늘로 날아올랐다. 거대한 크기의 도시락은 자신을 괴롭히는 스파크를 무시하며 불기둥을 쏘아댔다.

이로써 하늘과 땅속은 막았다.

남은 것은 땅 위의 괴물들.

화르르륵!

신혁돈의 손에서 새파란 불꽃이 피어오름과 동시에 그의 몸 전체가 타오른 순간, 신혁돈의 입이 열렸다.

"강신."

이제는 신혁돈의 차례였다.

$$*\qquad\qquad*\qquad\qquad*$$

신혁돈의 몸이 불타 없어지는 것이 아닐까 걱정이 될 정도로 거대한 푸른 불꽃이 피어올랐다.

화르르륵!

거대한 푸른 불꽃은 순식간의 인간의 형상을 갖추었고 그와 동시에 네 개의 팔이 자라났으며 손끝에는 검과 채찍, 그리고 압도적인 크기의 언월도가 들려 있었다.

"전이랑 좀 다르네."

컨커와 룰러를 상대할 때 사용했던 강신보다 좀 더 구체적인 모습의 강신이었다.

그때보다 불꽃의 색이 더욱 진해졌으며 크기 또한 더욱 커져 있었다.

길드원들이 승리를 직감하며 물러선 순간, 강신을 사용한 신혁돈이 움직이기 시작했다.

4미터에 달하는 거대한 불의 거인이 휘두르는 무기에 대항할 수 있는 괴물은 없었고 그의 검과 채찍, 언월도가 휘둘러질 때마다 수십 마리의 괴물들이 잘리고 불타 쓸려 나갔다.

"…맙소사."

신혁돈이 강신을 한 것을 처음 보는 헤르메스는 물론이거니와 다른 길드원들조차도 입을 떡 벌린 채 신혁돈의 전투를 지켜보고 있었다.

"저게 사람이야?"

"저희도 매일 보지만 매번 놀랍니다."

헤르메스에 혼잣말에 윤태수가 대답해 주었지만 헤르메스의 시선은 여전히 신혁돈에게 고정되어 있었다.

그의 에르그 에너지는 마르지 않는 샘이라도 되는지 신혁돈의 푸른 불꽃은 한계를 모르고 퍼져 나갔고 괴물들은 나타날 때와 마찬가지로 엄청난 속도로 사라져 나갔다.

괴물들을 조종하는 존재는 이제 이판사판이라 생각했는지 모든 괴물들을 신혁돈에게로 집중시켰지만 그가 휘두르는 무기를 한 번이라도 버텨내는 괴물은 없었다.

신혁돈, 아니 불의 거인 수르트가 학살에 취했을 때 그가 노래를 시작했다.

"Sutr ferr sunnan meᵹ sviga lævi: skinn af sverᵹi s?l valtiva!"

마치 진군가와 같은 박력 넘치는 목소리에 길드원들의 가슴은 불이라도 지핀 듯 끓어올랐고 그의 노래를 듣는 괴물들은 전의를 상실하고 눈동자 가득 공포가 차올랐다.

"수르트의 진군가……."

그야말로 진장의 신파 같은 모습에 홍서현이 말했다.

"무스펠스헤임의 지배자. 정말 엄청난 힘이네요."

"저게 에픽 아이템의 진정한 힘이라는 건가?"

괴물들이 물러서자 쉴 틈이 생긴 윤태수가 자신이 입고 있는 고르곤의 심장을 지키는 흉갑을 내려다보았다.

물론 고르곤의 분노라는 사기 스킬이 내장되어 있고 심장을 지키는 자라는 여벌의 목숨까지 챙겨주는 아이템이었지만 신혁돈이 들고 있는 수르트의 불꽃과 비교하자면 태양 앞 반딧불이 같은 느낌을 지울 수가 없었다.

윤태수가 쓸쓸한 입맛을 떨치기 위해 혀를 차는 사이에도 신혁돈은 끊임없이 괴물을 사냥했고 얼마 지나지 않아 마지막 괴물이 그의 채찍에 휘감겨 불타올라 사라졌다.

그와 동시에 수르트의 손에 들린 무기들을 감싸고 있던 불꽃이 사그라들었고 그와 함께 무기들 또한 천천히 사라졌다.

무기가 전부 사라지자 신혁돈의 몸을 감싸고 있던 불꽃도 천천히 줄어들었고 곧 고르곤의 검은 가죽을 입은 신혁돈의 모습이 드러났다.

그는 꽤나 많은 에르그 에너지를 소모했는지 파리해진 안색으로 눈을 감은 채 서 있었다.

"형님."

"수고하셨습니다."

길드원들이 신혁돈에게 다가가며 그의 상태를 살피는 사이 헤르메스는 신혁돈이라는 인간이 홀로 만들어낸 참극을 감탄과 경외, 그리고 공포를 담은 시선으로 지켜보고 있었다.

'이것이… 패러독스의 힘.'

정확히는 패러독스라는 단체를 만들어내고 그들을 이끄는 신혁돈의 힘!

'너무하잖아… 이건.'

패러독스의 길드원들을 보면 '그래도 비벼볼 만은 하겠구나' 하는 생각이 들었다. 즉 따라잡을 수 있는, 일종의 동기부여가 되는 존재들이다.

한데 신혁돈은 아니다.

그저 지켜보는 것만으로 경외심이 드는 대상.

헤르메스가 멍하니 있는 사이, 어느 정도 에르그 에너지를 회복한 신혁돈은 땀에 젖은 머리를 쓸어 올린 뒤 말했다.

"10분 쉬고 저택으로 간다."

겉으로 보기에는 조금 피곤해 보이는 정도였지만 사실 신혁돈은 가진 에르그 에너지의 90% 이상을 사용했다.

평소 같았다면 하지 않았을 무식한 행동.

굳이 그가 이 정도로 나서지 않았더라도 시간만 좀 지나면 패러독스 길드원끼리 모든 괴물을 정리할 수 있었을 것이었다.

하지만 지금은 세이비어에게 공포심을 심어줄 필요가 있었다.

그는 모든 광경을 지켜보고 있을 것이고 호루스의 눈 멤버들을 모두 죽인 존재가 자신이 힘들여 모은 괴물을 단박에 쓸어버리는 모습을 똑똑히 보았을 것이다.

그리고 깨달았을 것이다.

그다음은 자신의 차례라는 것을.

*　　　　*　　　　*

신혁돈은 다 타버린 나무둥치에 기대 앉아 눈을 감은 뒤 에르그 에너지를 충전하기 시작했다.

그사이 체력의 소모가 거의 없었던 길드원들은 주변을 경계했고 하늘을 날던 도시락은 다시 돌아와 괴물들의 시체를 뒤적거리기 시작했다.

그 모습을 본 윤태수가 짧게 혀를 차며 말했다.

"저놈도 대단해."

"뭐가 말입니까?"

그의 옆에 서 있던 고준영이 윤태수의 시선을 좇으며 물었고 곧 도시락을 발견한 뒤 헛웃음을 흘리며 말했다.

"아무래도 덩치가 있으니 그만큼 먹어야 하지 않겠습니까. 게다가 여기까지 날아오느라 쓴 에너지도 많을 테니 더 많이 필요하겠지 말입니다."

"그것도 그렇긴 하다만."

어지간한 사람이라면 보는 순간 뒤로 넘어갈 만한 흉악한 비주얼과 덩치를 가진 괴물이었지만 이름이 도시락이며, 하는 짓은 다섯 살배기 아이랑 별다를 것이 없다 보니 위압감이 느껴지진 않았다.

"어릴 때부터 봐서 그런가?"

"어릴 때… 라기보다는 조그만 크기 때부터 봐서 그런 거겠지 말입니다."

거대한 부리로 바닥을 뒤적거리던 도시락은 불에 타지 않은 자이언트 웜을 발견하고선 깍깍거리고 신나하며 자이언트 웜의 시체를 뜯어먹기 시작했다.

"어우……."

윤태수는 고개를 돌리다가 옆에 서 있던 김민희의 방패, 비홀더의 눈과 눈을 마주쳤고 다시 한 번 어우, 하는 소리를 내며 하늘로 시선을 던졌다.

거의 한 시간의 휴식으로 거의 90%가량의 에르그 에너지를 충전한 신혁돈은 눈을 뜨고선 자리에서 일어섰다.

화이트 홀이 열리기 전이라면 상상도 못 할 만큼 많은 에르그 에너지가 지구의 내기에 녹아 있었다.

게다가 이 숲 자체에 녹아 있는 에르그 에너지 또한 어지간한 대자연만큼의 농도 짙은 에르그 에너지를 품고 있었기에 빠른 속도로 에르그 에너지를 모을 수 있었다.

원래는 예정되었던 10분으로는 20% 정도밖에 채울 수 없었기에 시간을 지체하는 한이 있더라도 에르그 에너지를 모은 것이다.

세이비어가 얼마나 강할지는 신혁돈조차도 모른다.

저번 삶에서는 호루스의 눈이라는 단체가 있는지조차 몰랐기에 그 정도를 가늠하기도 힘들었다.

그랬기에 만반의 준비를 한 것이다.

만족할 만큼 에르그 에너지를 모은 신혁돈은 길드원들을 바라보며 말했다.

"휴식이 필요한 사람 있나?"

길드원들은 서로를 바라볼 뿐 아무도 대답하지 않았다.

"없으면 출발하지."

신혁돈이 자리에서 일어서며 말했고 길드원들은 다시 원형 방어진을 갖추며 저택 방향을 바라보았다.

신혁돈이 주변에 있는 모든 숲을 태워 버리다시피 했기에 저택까지 가는 길은 평원이라 봐도 무방할 정도로 개방되어 있었다.

그렇기에 저택에서 느껴지는 에르그 에너지 또한 곧바로 피부로 와 닿았고 저택이 가까워질수록 길드원들은 점점 말이 없어졌다.

저택까지 50미터가량을 남겨두었을 때, 신혁돈이 신호를 보냈고 모든 길드원들이 멈추어 섰다. 그러자 안지혜가 한 걸음 앞으로 나서며 말했다.

"제 차롄가요."

땅을 다루는 마법사, 안지혜는 몸을 풀 듯 어깨를 주무르고 목을 휘휘 돌리며 걸어 나온 뒤 지팡이를 꺼내 들었다.

붉은색 나무와 갈색 구슬로 이루어진 지팡이를 손에 든 안지혜가 지팡이를 두 손으로 쥔 뒤 머리 위로 들어 올렸고 그와 동시에 그녀의 몸과 그 주변의 에르그 에너지가 요동치기 시작했다.

헤르메스는 패러독스가 또 어떤 엄청난 광경을 보여줄지 기대하며 침을 꿀꺽 삼켰고 그 순간, 안지혜가 소리쳤다.

"솟구쳐라!"

우르르릉!

하늘이 아닌 땅에서 번개가 치는 소리가 이러할까. 지축이 울린다는 말이 딱 어울리는 굉음과 동시에 저택의 바로 옆의 땅이 갈라졌다.

그리고 하늘을 뒤덮을 만큼 거대한 흙의 손이 손바닥을 펼친 채 솟구쳤고 거인의 손이 하늘에 닿을 듯 높이 올랐을 때.

저택을 향해 떨어지기 시작했다.

쿠우우우!

"…맙소사."

저택을 무너뜨린다는 말에 소규모 지진 혹은 공격 마법을 생각하고 있던 헤르메스는 멍한 얼굴이 되어 거인의 손이 떨어지는 것을 바라보고 있었다.

거인의 손이 만들어낸 그림자가 저택을 완전히 가렸고 거인의 손은 점점 가속도가 붙으며 엄청난 속도로 떨어져 내리기 시작했다.

거인의 손이 저택 꼭대기의 첨탑에 닿은 순간.

파지직!

조그만 스파크가 튀는 듯했다.

그 순간.

콰르르르르릉!

스파크는 말 그대로 벼락처럼 사방으로 퍼져 나가며 거인의 손을 감싸 버렸고 우레와 같은 굉음을 내며 거인의 손을 공격했다.

갑작스러운 공격에 당황한 안지혜가 에르그 에너지를 컨트롤하며 거인의 손을 유지시키려 했지만 저택에서 흘러나온 스파크는 생각 이상으로 강력했다.

콰르릉! 콰릉!

"에르그 에너지를 흩어버리고 있어요!"

그녀의 말이 아니더라도 거인의 손을 이루고 있는 흙덩이들이 쏟아져 내리는 모습이 그들의 눈에 보이고 있었다.

안지혜는 이런 경우는 처음 겪는지 계속해서 에르그 에너지만을 쏟으며 거인의 손을 유지하려 했지만 스파크가 너무 강력했다.

거인의 손은 이미 형체를 잃어가고 있었고 그마저도 스파크로 만들어진 배리어로 인해 저택 바깥으로 튕겨 나가고 있었다.

안지혜의 마법이 막힌 것을 본 신혁돈은 안지혜의 옆으로 다가서며 말했다.

"신호하면 마법을 취소해라."

안지혜가 고개를 끄덕인 순간. 신혁돈은 원거리 공격이 가능한 이들에게 손짓을 해 한곳으로 부른 뒤 말했다.

"한 번에 모든 공격을 쏟아붓는다."

"만약 막힌다면 리스크가 너무 큽니다."

"내가 책임지지."

평소 같았다면 바로 고개를 끄덕였을 윤태수는 잠시 신혁돈의 눈을 바라보았다.

그의 말을 들은 순간 고준영의 허리가 잘린 모습이 눈앞에 떠올랐기 때문이다.

신혁돈이 자신감을 보이고 책임이라는 단어까지 사용했다면 그럴 만한 이유가 있을 것이었다. 하지만 동료 중 누군가가, 혹은 자신이 다칠지도 모른다는 생각이 쉽사리 머릿속을 떠나지 않았다.

그때 신혁돈이 윤태수의 어깨에 손을 올렸다. 초점을 잃었던 윤태수의 눈이 다시 신혁돈의 눈으로 향한 순간, 그가 다시 한 번 말했다.

"내가 책임진다."

믿을 수 있다.

신혁돈이 자신의 입으로 한 말이라면 무슨 일이 있더라도 지킬 것이라는 것을 알고 있고 그럴 만한 능력이 있는 사람이며 자신만큼이나 길드원들을 생각한다는 것도 알고 있다.

한데 불안하다.

윤태수는 이를 악문 뒤 고개를 끄덕였다.

"알겠습니다."

그사이 안지혜가 유지하고 있던 흙의 거인의 손은 거대한 흙덩이의 모습조차 유지하지 못하고 있었다.

원거리 공격이 가능한 이들을 적재적소의 자리에 배치한 신혁돈은 지체하지 않고 소리쳤다.

"총공격!"

*   *   *

번쩍!

콰과과광!

천지가 요동치는 것 같은 어마어마한 충격과 동시에 불기둥과 얼음, 벼락과 지진이 저택을 강타했다.

파지직!

공격이 적중할 때마다 스파크가 피어오르며 상쇄해 냈고,

그럴 때마다 충격파에 의해 시야를 가리는 흙먼지가 피어올랐다.

흙먼지는 저택 전체를 가리는 것으로도 모자라 길드원들의 발치까지 피어올랐지만 패러독스는 시야를 가리든 말든 신경 쓰지 않고 공격을 퍼부었고 공격은 원거리 공격이 가능한 이들의 에르그 에너지가 바닥을 보일 때까지 이어졌다.

제일 먼저 안지혜가 탈진하며 뒤로 물러섰고 그다음은 윤태수, 마지막으로 백종화까지 새하얘진 얼굴로 뒤로 물러섰다.

파룽! 파르르룽!

백종화가 마지막 남은 에르그 에너지를 짜내 쏘아 보낸 불덩이가 흙먼지 속으로 빨려 들어갔고 그와 동시에 벼락이 치는 듯한 굉음이 울려 퍼졌다.

모두가 흙먼지가 가라앉길 기다리며 저택을 바라보는 사이, 신혁돈이 말했다.

"통하지 않는군."

그의 말에 양팔로 무릎을 짚은 채 헉헉거리고 있던 윤태수가 경악을 하며 신혁돈을 바라보며 말했다.

"예?"

"말 그대로."

신혁돈은 대답과 함께 턱짓으로 흙먼지를 가리켰고 길드원들의 시선이 전부 저택을 감싸고 있는 흙먼지를 향해 던져졌다.

파직! 파지직!

그리고 그 사이에서 번쩍거리는 스파크를 발견할 수 있었다.

"맙소사… 설마 모든 공격을 방어해 낸 겁니까? 아무리 마왕의 힘을 직접 받는 괴물이라지만 그게 가능한 일입니까?"

"그게 아니다."

윤태수가 믿을 수 없다는 듯 말했지만 신혁돈은 아무런 동요 없이 흙먼지를 바라보며 답했다.

"그럼 뭡니까?"

"내 실수."

신혁돈은 자신의 말에 길드원들이 멍해지든 말든 짧게 혀를 찬 뒤 저택을 향해 걷기 시작했다.

길드원들이 그의 뒤를 따라야 할지 고민하던 찰나 신혁돈은 10미터 정도 떨어진 곳에 멈추어 선 뒤 바닥에서 돌을 주워 들었다.

그러고는 하늘거북 몬스터 폼을 발동시켜 바람의 힘을 발동시킨 뒤 돌을 힘껏 집어 던졌다.

파아악!

돌을 던져 내는 소리라고는 믿을 수 없는 바람을 가르는 소리와 함께 돌에 의해 순간적으로 시야가 트였다.

돌은 저택의 벽을 부숴 버릴 듯 어마어마한 속도로 날아가다가 벽에 부딪힌 순간, 벽 속으로 빨려 들어갔다.

"세상에, 허상인 겁니까?"

"비슷하지만 달라."

말을 마친 신혁돈은 다시 한 번 돌을 던졌고 마찬가지로 저택의 벽에 닿기 직전 사라져 버렸다.

"다른 차원이다."

그가 말한 순간 이서윤이 이해를 했다는 듯 아, 하고 탄성을 흘리며 고개를 끄덕였고 다른 길드원들은 멍한 얼굴이 되어 이서윤을 바라보았다.

"그러니까… 치원 관문의 응용 버전이에요. 저택은 이곳에 있지만 다른 차원에 있는 거죠. 간단히 말하자면 영혼이라 해야 하나. 아, 저번에 상대하셨던 헛된 우상과 비슷한 개념이라 생각하시면 돼요."

이서윤이 길게 설명했지만 그녀의 설명을 이해하고 고개를 끄덕인 이는 몇 없었다. 이해를 한 척 고개를 끄덕인 고준영이 이서윤에게 물었다.

"그럼 저건 어떻게 부숩니까?"

"가장 쉬운 방법은 차원을 넘어가거나, 다시 불러오는 것이죠."

"방법이 있습니까?"

이서윤은 어깨를 으쓱였고 모두의 시선이 다시 신혁돈에게로 향한 순간, 아직까지 돌을 던지고 있던 신혁돈이 손에 들고 있던 돌을 저 멀리 던져 버린 뒤 말했다.

"들어가야지."

"무슨 함정이 있을지 몰라서 위험하다고 하시지 않으셨습니까?"

"이젠 아니다."

세이비어가 전면전에서 신혁돈과 패러독스를 찍어 누를 정도의 힘을 가지고 있었다면?

패러독스가 이 숲에 들어서는 순간 나타나서 모두를 죽였을 것이다.

하지만 세이비어는 그러지 않고 계속해서 부하들을 보내고 숲을 움직여 신혁돈 일행의 신경만을 긁고 있었다.

즉, 세이비어는 전면전에서는 자신이 불리하다 판단한 뒤 숨어서 기회를 노리고 있는 것이라 보아도 무방한 상태.

적을 죽이기 위해 자신의 목숨을 초개같이 던지는 장수는 위협이 된다. 하지만 오직 자신의 목숨과 권력을 지키기 위해 함정 뒤에 숨은 책사는 아무런 위협이 되지 못한다.

그것을 알고 있는 신혁돈이었기에 '이젠 아니다'라는 결론을 내릴 수 있던 것이다.

이것을 설명해 봤자 길드원들은 이런 경험을 해본 적이 전무하다시피 하기에 이해할 수 없다. 그렇기에 신혁돈은 설명을 갈구하는 눈으로 자신을 바라보는 길드원들에게 고개만 끄덕여 주었다.

"어떻게… 조금이라도 설명해 주시면 안 됩니까?"

윤태수의 말에 신혁돈은 힘을 전부 사용한 메이지들에게 '에르그 에너지를 모두 채울 때까지 쉬어라' 하고 명령한 뒤 윤태수를 바라보며 말했다.

"경험에서 오는 감이다."

"…직관력 말입니까?"

"뭐, 비슷하지."

말을 마친 신혁돈은 저택을 향해 걸어가 차원을 살피기 시작했고 그의 뒷모습을 보며 고개를 모로 꺾었던 윤태수는 자리에 앉아 저택으로 시선을 던지며 혼잣말을 뱉었다.

"알다가도 모르겠단 말이야."

* * *

좁은 동굴의 입구에 거대한 곰 한 마리가 서 있다.

동굴에서 나갈 수 있는 곳은 곰이 서 있는 좁은 출구 하나뿐인 상황. 그나마 다행인 점은 입구가 좁기에 곰이 들어올 수 없다는 점이다.

만약 이런 상황에 처한다면 얼마나 큰 공포를 느낄까?

지금 세이비어의 꼴이 딱 그랬다.

저택을 다른 차원으로 옮겨 한 번의 공격은 막아냈지만 패러독스는 금방이라도 차원을 찢고 들이닥쳐 세이비어의 목을 딸 준비를 하고 있었다.

그것도 저택의 바로 앞에 앉아서.

신혁돈이 시간을 끌수록 세이비어는 쌓여가는 공포의 무게에 짓눌릴 것이다. 하지만 너무 큰 공포를 줘서는 안 된다.

한계를 넘은 공포를 겪은 인간은 정신을 놓아버리게 마련이고 그렇게 된다면 세이비어가 무슨 짓을 할지 예상을 할 수 없어진다.

'다섯 시간 정도가 적당하겠군.'

스파크로 보호받고 있는 것 같은 저택을 한 바퀴 둘러본 신혁돈은 이서윤에게 다가가며 말했다.

"마법진이다."

"그건 저도 아는데요."

"운용 방법을 알아낸 뒤 똑같은 것을 만들 수 있겠어?"

이서윤은 무슨 헛소리냐는 듯 미간을 찌푸렸다.

하지만 신혁돈은 특유의 무표정한 얼굴로 이서윤의 눈을 바라보았고 그제야 신혁돈이 진심으로 하는 소리라는 것을 깨달은 이서윤이 헛웃음을 흘리며 답했다.

"마법진은 아주 간단해요. 운용 수식을 만든 뒤 그대로 그리기만 하면 작동하죠. 그런데 왜 아무도 안 하는 줄 아세요?"

"운용 수식을 짜는 게 어마어마하게 어렵기 때문이지. 그러니까 너에게 말하는 거다."

"또 '너라면 할 수 있다', 이딴 소리 하려면 당장……."

"운용 수식까지는 아니더라도 에르그 에너지의 운용 방식까지는 알아다 주지. 나머지는 네 힘으로 가능한가?"

이서윤은 말이 끊긴 것에 분노할 새도 없이 큰 눈을 끔뻑거리며 신혁돈의 입을 바라보았다.

"그게… 가능하다고요?"

"그렇다."

"예. 그렇게 해주세요. 아니, 하죠. 예. 해드릴게요. 아니, 그런데 어떻게요?"

이서윤은 적잖이 놀랐는지 말을 더듬어가며 말했고 마지막으로 질문을 덧붙였다.

"계약 기간 1년."

"일 년을 늘린다고요?"

"거래지."

"기회주의자세요?"

"인생은 원래 그렇게 살아야 하는 거 아닌가?"

"······."

이 인간을 말로는 이길 수 없다는 것을 다시 한 번 깨달은 이서윤은 입술을 씹으면서 신혁돈을 바라보았다.

신혁돈과 패러독스와 함께하는 것은 이서윤에게도 엄청난 수련이 되고 연구에 진전이 된다.

문제는 자신만의 시간을 가질 수 없다는 것. 지금까지 이들을 따라다닌 것만 정리하려 해도 몇 년은 걸릴 것이었다.

이서윤이 고민에 빠진 순간.

"일단 가져올 테니 고민하고 있어라."

이서윤은 대충 고개를 끄덕였고 신혁돈은 차원 관문의 에르그 에너지 운용 방식에 대해 조사하러 갔다.

신혁돈이 빈손으로 돌아오자 이서윤은 실망한 눈으로 그를 바라보았다.

"왜 빈손이에요?"

"뭘 들고 왔어야 하나?"

"운용 방식이요."

"그걸 어떻게 적어서 보여주지?"

"어떻게 안 적고 보여줘요, 그럼?"

그녀의 말에 대답하듯 신혁돈의 몸에서 에르그 에너지가

흘러나왔다.

이서윤이 느낄 수 있을 정도로 강렬한 에르그 에너지의 파동은 천천히 움직이며 마법진을 그리기 시작했고 마법진이 완성될수록 이서윤의 턱이 벌어졌다.

"…맙소사."

곧 저택을 감싸고 있는 마법진의 축소판이 이서윤의 앞에 완성되었고 그녀는 자신의 앞에 생겨난 마법진을 보며 눈을 떼지 못했다.

"이걸… 한 번 보고 외웠다고요?"

"외웠다기보다는 파악한 거지."

'뭐가 다른 거지?' 하는 의문이 들었지만 지금 중요한 것은 그게 아니었다.

"그럼 다른 마법진들도 이런 방식으로 운용 방식을 가시화시킬 수 있는 건가요?"

신혁돈은 아무런 일도 아니라는 듯 고개를 끄덕였지만 이서윤은 눈이 튀어나올 정도로 놀라며 입을 가렸다.

"왜 놀라지?"

"간단히 말하자면… 마법진은 원래 점과 선 그리고 면으로 구성되어 있어요. 즉, 점의 연속이고 점을 찍기 위해서는 무언가 지표가 될 만한 게 필요하죠. 이 마법진의 경우에는 저택과 땅, 제가 그리는 마법진의 경우에도 종이라거나 물건이 필요한 것처럼요."

"그런데?"

"혁돈 씨는 지금 아무것도 없는 공기 위에 마법진을 그려낸 거라고요!"

신혁돈은 의아하다는 듯 이서윤을 보며 말했다.

"넌 이걸 못 하나?"

그의 물음에 이서윤이 썩은 열매를 씹은 듯한 얼굴이 되며 소리쳤다.

"지금 누구 놀려요?"

"진심이다."

저번 삶, 신혁돈에게 이 기술을 보여준 사람이 바로 이서윤 이었다.

지금과 비슷한 소리를 하며 '이건 마법진의 혁명이다'라는 말을 덧붙였던 것이 고구마 줄기를 캐듯 기억의 수면 위로 떠올랐다.

일명 다차원 마법진.

삼차원을 넘어서 공기를 기반으로 한 마법진을 만들어 별다른 매개체 없이 마법진을 사용할 수 있게 해주는 방법으로서 마법진을 공부하던 메이지들이 급부상하는 계기가 되었던 스킬이다.

"몰라요!"

"그럼 알려줄까."

"…진짜요?"

"2년."

"콜!"

순식간에 계약 기간이 3년 더 늘어났지만 이서윤은 전혀 개의치 않는 얼굴로 해맑게 웃으며 고개를 끄덕이고 있었다.

미래의 이서윤에게 배워 과거의 이서윤에게 알려주는 것이니 그녀가 고민할 시간을 십 년 가까이 아껴준 것이다.

그러니 그녀의 3년 정도는 받아도 된다고 생각한 신혁돈은 고개를 끄덕인 뒤 이서윤에게 말했다.

"부르는 이름이 있었는데… 기억이 나지 않는군. 무슨 차원 마법진이라 했는데."

"누구한테 배웠던 건가요?"

"그래."

보통 누구냐 물으면 누군가에게 배웠다 말하는 게 정상 아닌가?

"누구요?"

"알 거 없다. 이름은 상관없으니 어떻게 하는지를 알려주지."

이서윤은 자꾸만 구겨지는 미간을 꾹 누르며 고개를 끄덕였고 신혁돈은 설명을 시작했다.

메이지 계열 능력자들이 에르그 에너지를 모두 충전하는 데 거의 세 시간에 가까운 시간이 걸렸다.

그사이 이서윤은 신혁돈의 옆에 앉아 질문 공세를 퍼부었고 신혁돈은 귀찮아 죽겠다는 표정을 하고선 하나씩 천천히 대답을 해주고 있었다.

그때 길드원들이 하나둘 일어서는 것을 본 신혁돈이 이서윤에게 말했다.

"여기까지. 나머진 나중에 설명해 주지."

"마지막으로 하나만요!"

이서윤은 에르그 에너지 운용에 대해 물어왔고 신혁돈은 결국 10분을 더 소비한 후에야 길드원들에게 걸어갈 수 있었다.

"컨디션은?"

"완벽합니다."

신혁돈은 굳이 한 명 한 명씩 눈을 마주치며 물어봤고 모든 메이지들에게 컨디션이 좋다는 대답을 받아낸 뒤에야 모든 길드원들을 모았다.

"세이비어는 쥐다. 그것도 잔뜩 공포에 질려 아무것도 하지 못하고 있는 쥐새끼. 그럼 우리는 뭘까?"

그의 물음에 바로 대답한 것은 고준영이었다.

"뱀입니다!"

"그렇지. 우리는 쥐를 잡아먹는 포식자, 뱀이다."

그의 말에 고준영이 칭찬을 받은 아이처럼 해맑게 웃었고 그 얼굴을 본 윤태수가 헛웃음을 흘리는 사이 신혁돈이 말을 이었다.

"구석에 몰린 쥐는 자신의 목숨을 포기하고 상대를 물게 마련이다. 그리고 도망치던 쥐가 언제 뒤로 돌아 우리를 물어젖힐지는 나도 모른다. 그러니 모든 행동 하나하나에 유의하고 긴장하며 움직이도록."

보통 '가자' 한마디로 끝내던 전투의 시작과는 사뭇 다른 모습에 길드원들 또한 진지해신 얼굴로 고개를 끄덕였다.

길드원들 하나하나와 눈을 맞춘 신혁돈은 천천히 고개를 끄덕인 뒤 저택을 향해 걸어갔다.

저택 주변을 빙빙 돌고 있던 스파크가 신혁돈을 향해 몰리기 시작했을 때, 신혁돈의 몸에서 수르트의 불꽃이 피어올랐고 그와 동시에 스파크들이 사그라졌다.

그 순간.

신혁돈의 손이 저택의 벽에 닿았다.

웅웅웅!

신혁돈의 손은 마치 수면 위에 떨어진 거대한 바위와 같왔다.

그의 손이 저택의 벽에 닿은 순간, 저택의 벽이 파도치며 출렁이기 시작했고 그의 손이 닿은 부분부터 천천히 갈라지며 보라색 구멍이 드러나고 있었다.

차원을 건너기 위해 차원 관문을 펼치고 있는 것이다.

사람 하나가 통과할 만한 크기의 차원 관문을 만들어낸 신혁돈은 자신의 뒤에 서 있는 길드원들에게 손짓했고 그의 신호를 기다리던 길드원들은 곧바로 차원 관문을 향해 몸을 던졌다.

제4장
구원자 II

빛 한 점 없는 어둠.

신혁돈은 곧바로 수르트의 불꽃을 발동시켰고 그제야 주변 풍경이 눈에 들어왔다.

양쪽과 머리 위는 벽으로 막혀 있었고 눈앞으로는 직선으로 펼쳐진 길이 자리하고 있었다.

"미로인가."

길드원들이 속속들이 도착하는 사이, 신혁돈은 벽과 바닥, 그리고 천장을 두들겨 보며 함정이 있는지를 파악했다.

"복도인가."

"미로… 같습니다."

길드원들 또한 신혁돈을 따라 주변을 살피며 지형 파악에 들어갔고 백종화는 언령으로 빛 덩이를 만들어낸 뒤 길드원들의 머리 위로 띄워 올렸다.

천장의 높이는 3미터가량, 복도의 폭은 4미터가량 되었다.

백종화는 빛 덩이를 하나 더 만들어낸 뒤 앞으로 쏘아 보냈다.

웅웅.

빛 덩이는 천천히 날아가며 복도를 밝혔고 20미터쯤 전진한 뒤 벽에 가로막혀 전진을 멈추었다.

"대놓고 힘징이네."

"길을 찾다 함정에 빠져 죽어라… 뭐 이런 건가?"

길드원들이 주변을 파악하는 사이 벽을 몇 번 두들겨 보던 신혁돈은 길드원들에게 물러서라 말한 뒤 어글리 베어 몬스터 폼을 발동시켰다.

"물러서라."

순식간에 거대해진 팔이 수르트의 불꽃에 휩싸인 순간, 신혁돈의 팔이 벽을 후려쳤다.

쿠우우웅!

파지직!

신혁돈의 주먹이 벽에 부딪힘과 동시에 어마어마한 스파크가 튀며 빛을 번쩍였다.

신혁돈은 자신의 주먹을 밀어내려는 반발력을 무시한 채 계속해서 에르그 에너지를 밀어 넣었다.

화르륵!

빠직! 빠지직!

신혁돈의 손에서 피어오르는 푸른 불꽃이 거대해질수록 벽에서 튀기는 스파크의 양도 많아졌다. 미로 전체가 환한 빛에 휩싸일 정도로 거대해진 두 개의 힘이 계속해서 힘을 겨루었고 어느 순간.

파삭!

콰릉!

무언가가 부서지는 소리와 함께 스파크가 사라졌고 그와 동시에 어글리 베어의 모습을 하고 있는 신혁돈의 주먹이 벽을 후려쳤다.

콰드드득!

신혁돈의 주먹을 받은 벽에는 실금이 가 있었고 그 광경을 지켜보고 있던 길드원들은 눈에 이채를 띠었다.

"이거… 뚫을 수 있겠는데?"

윤태수의 말을 증명하려는 듯 신혁돈은 다시 한 번 어깨를 크게 뒤로 젖혔다가 벽을 후려쳤다.

신혁돈과의 힘 싸움에서 패배하며 무언가 잘못된 것인지 스파크는 더 이상 피어오르지 않았고 배리어가 사라진 벽은 무차별적으로 휘둘러지는 신혁돈의 주먹에 노출될 수밖에 없었다.

쾅! 쾅! 쾅!

콰르릉!

세 번의 주먹질 후 벽에는 신혁돈의 주먹만 한 구멍이 뚫렸다.

"그래. 굳이 적이 원하는 대로 해줄 필요 있나. 미로를 만들어놨으면 벽을 부수고 가면 되지."

분신을 만들어 함정을 찾으려는 준비를 하고 있던 헤르메스가 자조 섞인 목소리로 말했고 그 사이 신혁돈은 쉬지 않고 주먹을 휘둘러 벽의 구멍을 넓혔다.

그것을 보고 있던 홍서현이 물어왔다.

"워해머 쓰는 게 더 편하지 않아?"

"낭비다."

수르트의 불꽃─워해머 폼을 유지하며 벽을 부술 바에는 몬스터 폼을 사용하는 게 훨씬 낫다.

홍서현은 더 이상의 질문 없이 구멍이 넓어질 때까지 기다렸고 곧 사람이 통과할 정도가 되자 신혁돈이 말했다.

"헤르메스, 분신을 보내봐라."

헤르메스는 자신이 나설 일이 영영 없을 것이라 생각하고 있다가, 할 일이 생기자 해맑게 웃으며 앞으로 나서 분신을 만들어냈다.

백종화가 분신의 손에 빛 덩이를 쥐어주자 빛 덩이를 쥔 분신이 곧바로 구멍으로 들어갔고 그와 동시에 헤르메스가 눈을 감고 분신에 집중했다.

그사이 신혁돈은 다시 한 번 감각을 증대시키며 세이비어의 위치를 탐색했다.

하지만 공간 전체가 세이비어에 의해 생겨난 구역이었기에 세밀한 탐색이 불가능한 상황.

잠시 고민하던 신혁돈은 손가락을 한 번 튕긴 뒤 헤이톤의 호의─지도를 발동시켰다.

그러자 신혁돈의 앞에 미로의 지도가 펼쳐졌다.

"…허."

손가락 튕기는 소리를 듣고 신혁돈을 바라보고 있던 윤태수는 생겨나는 지도를 보고선 헛웃음을 흘린 뒤 신혁돈에게 다가오며 말했다.

"그러고 보니 지도가 있었지 말입니다."

지도라는 말에 백종화 또한 그의 옆으로 다가왔고 세 남자는 지도를 보기 시작했다.

"지금 우리 위치가 이쯤인가?"

윤태수는 패러독스 길드원들의 위치를 먼저 찾기 시작했
고.

"세이비어는 이곳에 있을 것 같습니다."

백종화는 세이비어의 위치 파악을 먼저 했다.

두 사람이 원하는 것의 위치를 찾아낸 순간 헤르메스가 눈
을 뜨며 말했다.

"저쪽은 안전한 거 같은데."

하지만 그의 말을 듣고 있는 이는 없었다. 인중을 한 번 긁
은 헤르메스는 길드원들이 모여 있는 곳으로 걸어갔고 가운
데 펼쳐진 지도를 보고선 입을 쩍 벌렸다.

"세상에… 설마 이곳 지도인가?"

그의 혼잣말에 내답해 준 유일한 사람은 지도에 관심이 없
어 주변을 둘러보고 있던 고준영이었다.

"예."

"어디서……."

"혁돈 형님 스킬입니다."

"…맙소사. 자신이 발을 딛고 있는 곳이라면 바로 지도를
만들 수 있는 그런 스킬이 존재한다고?"

고준영은 어깨를 으쓱이며 신혁돈을 가리켰고 헤르메스는
다시 한 번 놀랐다.

그사이 세이비어가 있을 것이라 생각되는 곳을 정한 백종화

가 세 개의 포인트를 짚은 뒤 물었다.

"그러고 보니 이 공간에 세이비어가 없을 가능성은 없는 겁니까?"

"없다. 공간을 만든 뒤 유지하기 위해서는 막대한 에르그 에너지가 필요하다. 크기가 작은 공간이라면 매개체를 이용할 수 있겠지만 이 정도 공간을 유지할 수 있는 매개체는 없어. 그러니 본인이 직접 있을 거다."

그의 말을 듣고 가장 먼저 든 생각은 '그걸 어떻게 알고 있느냐'였다.

하지만 묻고 대답을 듣는다 해도 의문만 증폭될 뿐 근본적인 문제가 해결되지 않을 것을 알기에 백종화는 고개를 끄덕인 뒤 다시 포인트를 가리키며 말했다.

"저희 위치가 이곳, 그러니까 베이스 B라고 합시다. 그리고 세이비어가 있을 것 같은 위치는 여기, 여기. 그리고 여기. 포인트, 그러니까 P1, 2, 3이라고 부르겠습니다."

신혁돈이 짧게 고개를 끄덕이는 것을 확인한 백종화가 말을 이었다.

"지금처럼 벽을 부수고 전진한다는 가정하에 가장 가까운 곳은 P1입니다. 지도로 봐서는… 원형 돔처럼 생겼으며 이 미로 안에서 가장 넓은 공간입니다."

"벽을 부수지 않고 가는 방법은?"

신혁돈의 물음에 지도를 살피던 윤태수가 손가락으로 지도를 가리키며 말했다.

"갈 순 있을 것 같은데 굳이 위험을 감수할 필요가 있겠습니까?"

"만약을 대비하는 거지."

신혁돈의 말에 윤태수가 고개를 끄덕인 뒤 포인트 1, 2, 3으로 가는 길을 설명했다.

"겁나 복잡하네……."

"작정하고 만든 모양이야."

미로는 한 번 봐서는 외울 수 없을 정도로 복잡했기에 길드원들이 대강이나마 길을 숙지하기까지 거의 20분이 넘는 시간이 걸렸다.

그리고 준비가 끝났을 때.

"아까 뚫은 곳은 방향이 잘못됐네."

"그러게."

괜히 위축된 헤르메스는 아쉽다는 듯 고개를 끄덕였다. 그때 신혁돈이 다시 한 번 수르트의 불꽃을 끌어 올려 팔에 불을 붙이며 말했다.

"그럼 출발하지."

말을 마친 순간, 길드원들이 뒤로 물러섰고 P1 방향으로 길을 뚫기 시작했다.

에르그 에너지 소모를 감안해 길드원들이 돌아가면서 길을 뚫었고 P1 바로 앞의 벽 한 장을 남겨둔 채 멈추어 섰다.

도중에 스파크로 된 배리어가 복구되거나 정찰 도중 함정이 발동되어 헤르메스의 분신이 불타 사라지는 가벼운 해프닝을 빼고선 별다른 일 없이 목적지에 도착한 길드원들은 조금의 휴식을 통해 에르그 에너지를 채운 뒤 마지막 벽을 부수었다.

쾅! 쾅! 쾅!

번쩍!

콰콰쾅!

사람 하나가 들어갈 만한 공간이 나오자 미리 준비하고 있던 헤르메스의 분신이 P1으로 들어갔고 헤르메스가 눈을 감은 채 말했다.

"거대한 원형 돔입니다. 원형 경기장이라 보는 게 맞겠네. 어쨌거나 축구장 두 개 정도의 넓이고… 가운데 뭔가 있습니다. 빛 덩이를 위로 좀 올려주시겠습니까."

"이렇게 말입니까?"

"예… 좀 더 위로. 앞. 그러니까 12시 방향… 맙소사."

"왜 그러십니까?"

헤르메스는 집중하는 듯 눈을 감은 채 미간을 찌푸렸고 길드원들은 그의 대답을 기다리며 헤르메스의 얼굴을 바라보았다.

"혁돈, 세이비어가 어떤 모습을 하고 있을지는 모르는 건가?"

"뭐가 있기에?"

"모든 게 섞여 있어. 맙소사… 지금까지 내가 본 괴물들을 다 합쳐도 저것보단 적겠는데."

"키메라인가……."

키메라.

원래는 몸과 머리가 사자이고 뱀의 꼬리를 가지며 한쪽으로는 염소의 머리가 나 있는 기괴한 모습의 그리스 신화 속 괴물이었으나, 차원문이 열린 이후 두 가지 이상의 괴물이 합쳐져 있는 괴물을 칭하는 단어가 되었나.

"자세히 설명해 봐."

"더 설명할 것도 없는데… 누워 있는 건지 원래 저렇게 생긴 건지는 모르겠다만 거대한 살덩어리 같다. 높이는 4미터 정도. 반경도 그 정도는 될 것 같아."

그의 설명을 들은 신혁돈은 고개를 짧게 끄덕인 후 말했다.

"세이비어가 아닐 가능성이 높아 보이니 P1은 패스한다."

신혁돈의 말을 들은 헤르메스는 분신을 해제한 후 눈을 떴다.

설명만 들어도 세이비어가 아닌 것은 얼추 짐작할 수 있었다.

하지만 상황은 마음대로 돌아가지 않았다.

패러독스가 자리를 뜨려는 순간.

파앙!

진원지를 알 수 없는 에르그 에너지의 파동이 미로 전체를 울렸다.

쿠우웅! 쿠우웅!

드드득!

땅이 울렸고 머리 위로는 돌 부스러기들이 떨어져 내렸다. 당황한 길드원들은 주변을 살폈다.

"뭐지?"

미로의 천장에 뭐가 있는지 알 수 없는 상황. 만약 이대로 천장이 무너져 버린다면?

그 뒤를 상상한 순간, 상상은 현실이 되었다.

콰드드득!

"무너진다!"

패러독스 길드원들이 벽을 부수며 넘어온 길부터 미로의 천장이 무너져 내리기 시작했다. 피할 수 있는 곳은 키메라가 있는 P1뿐.

그것을 알아챈 윤태수가 신혁돈을 바라보았고 눈을 마주친 신혁돈이 고개를 끄덕이며 소리쳤다.

"P1로 들어가라!"

신혁돈은 어느새 어글리 베어 몬스터 폼을 발동시킨 뒤 자신의 머리 위로 떨어져 내리는 거대한 바윗덩이를 받아내 옆으로 던져 버렸다.

콰앙!

마치 누군가가 고의로 천장을 무너뜨리는 느낌.

'지켜보고 있군.'

세이비어의 공간인 만큼 그가 패러독스의 일거수일투족을 지켜보고 있는 것은 당연한 일이었다.

'너무 안일했다.'

벽을 뚫어 함정을 무력화시킨다는 작전끼진 좋았지만 세이비어의 위치를 완벽히 파악하지 않고 움직인 것이 실수였다.

신혁돈은 입술을 씹으며 머리 위로 떨어지는 돌을 쳐내면서 길드원들이 들어갈 시간을 벌었다.

흙먼지가 피어오르며 시야를 가렸지만 바위를 부쉈다간 눈먼 파편이 누구의 머리통을 부술지 모르는 노릇이었기에 어쩔 수 없었다.

길드원들이 모두 P1로 들어간 순간, 머리 위로 떨어지는 돌덩이를 쳐낸 신혁돈은 곧바로 P1로 몸을 던졌고 입구 바로 앞에 서 있던 한연수와 부딪치며 바닥을 굴렀다.

다른 상황이었다면 안 들어가고 뭐 하냐고 물었을 것이다.

하지만 신혁돈은 곧바로 일어서며 키메라의 위치를 살폈다. 한연수는 어중이떠중이가 아닌 패러독스의 길드원.

그가 뒷사람을 생각하지 못하고 서 있을 정도의 일이 벌어진 게 분명하기 때문이었다.

그리고 신혁돈의 생각은 적중했다.

원형 경기장의 중앙.

새빨간 빛 덩이들이 셀 수 없을 만큼 많이 생겨나고 있었다. 새빨간 빛 덩이들은 생겼다 없어 졌다를 반복하며 점멸하고 있었다.

"깨어난 것인가."

새빨간 빛 덩이들은 눈이었다.

검은 덩어리는 신혁돈의 말에 부응하듯 천천히 몸을 일으켰고 그 모습을 본 신혁돈이 소리쳤다.

"전투 준비!"

그제야 키메라와 눈을 마주치며 패닉에 빠져 있던 길드원들이 하나둘씩 몸을 움직이며 거리를 벌렸다.

"빛 띄워라."

신혁돈의 목소리에 백종화가 원형 경기장 전체를 밝힐 정도의 거대한 빛을 머리 위로 쏘아 올렸고 곧 검은 덩어리의 모습이 모두의 눈에 들어왔다.

*   *   *

징그러움이라는 감정에도 역치가 있는 것인지 일정 수준을 넘어선 징그러움을 마주하자 징그러움과는 다른 경외의 의미로 길드원들의 피부에 소름이 돋아났다.

"세상에."

개수를 셀 수 없을 정도로 많은 팔과 다리, 그리고 머리가 붙어 있었다.

말이 좋아 팔과 다리지 곤충과 동물, 수생 생물들의 육체가 붙어 있는 경우가 다반사였으며 정체를 알 수 없는 깃들도 허다하게 보였다.

그 혼돈 속에서도 유일하게 통일된 것이 있었으니 붉은색의 눈이었다. 크기도 모양도 제각각이었지만 색만은 같았다.

키에!

쿠르르륵.

꺄아악!

다채로운 포효와 함께 키메라가 완전히 몸을 일으켰는데 그 높이만 5미터에 이르렀다.

마치 푸딩처럼 생긴 몸은 끈적끈적한 진액을 남기며 일행에게 스멀스멀 기어오기 시작했다.

　키메라와 일행의 거리는 150미터가량.

　어지간한 일은 웃어넘길 수 있는 패러독스의 길드원들조차도 멍한 눈으로 키메라를 보고 있다가, 다가오기 시작하는 것을 보고서야 전투태세를 갖추었다.

　신혁돈의 말이 따로 없더라도 원거리 계열의 각성자들은 에르그 에너지를 끌어모으며 공격을 준비했고 제일 먼저 준비된 윤태수가 고르곤의 분노를 쏘았다.

　번쩍!

　콰과과광!

　거대한 불기둥이 키메라의 몸체를 가격한 순간.

　키에에에!

　기괴한 포효들이 터지며 키메라의 몸 전체가 불길에 휩싸였고 그 광경을 본 윤태수가 오, 하는 탄성과 함께 두 번째 고르곤의 분노를 발사하려는 순간.

　"잠깐."

　신혁돈이 그를 제지했다.

　"예?"

　"봐라."

　윤태수는 기껏 모아두었던 에르그 에너지를 흩으며 키메라의 몸을 보았고 그제야 깨달을 수 있었다.

키메라의 몸 전체에 돋아 있는 돌기 같은 팔과 다리는 불길에 휩싸여 있긴 했지만 끝자락조차 타오르지 않고 있었다.

"불에 저항이 있는 겁니까?"

"그런 것 같다."

두 사람의 대화를 들은 백종화는 곧바로 언령을 발동시키며 수많은 물의 창을 만들어냈다.

키메라 전체를 덮을 정도로 많은 물의 창은 생성과 동시에 키메라의 온몸을 노리고 쏘아졌다.

촤아아악!

날카로운 바늘로 두부를 뚫듯 물의 창은 순식간에 키메라의 몸을 뚫고 들어기며 키메라의 온몸을 난자했다.

그 광경을 보고 있던 신혁돈이 짧게 혀를 차며 말했다.

"통하지 않는다."

신혁돈의 말이 아니더라도 자신의 공격이 통하지 않았음은 알 수 있었다.

물로 물을 가른 듯 물의 창이 지나간 부분은 금세 메워져 버렸고 공격은 무위로 돌아갔다.

하지만 백종화 또한 물의 창만으로 키메라를 처치할 생각은 없었다.

키메라의 몸속에 물의 창들이 가득 찬 순간.

"얼어라!"

백종화의 온몸에서 어마어마한 양의 에르그 에너지가 쏟아져 나와 키메라의 몸으로 쏟아졌다.

사아아아아!

드드드드득!

순식간에 키메라의 몸에서 새하얀 냉기가 피어오름과 동시에 얼음이 부서지는 듯한 굉음이 들려왔다.

"성공인가?"

윤태수가 혼잣말을 읊조렸지만 신혁돈 또한 확답을 할 수 없는 상황.

그는 수르트의 불꽃으로 불러낸 워해머를 들고서 얼어붙은 키메라의 몸을 바라보았다.

'조각조각 나눌 수 있다면······.'

키메라의 특성상 부순다 해도 한 번에 죽진 않을 것이다. 하지만 지금처럼 밀리 계열의 각성자들이 손가락만 빨고 있는 상황은 타개할 수 있다.

돌기처럼 삐죽삐죽 튀어나온 사지의 끝까지 얼어붙은 순간, 신혁돈이 세뿔가시벌레의 날개를 펼침과 동시에 하늘거북의 능력까지 사용해 엄청난 속도로 하늘을 향해 쏘아졌다.

그러고는 천장에 닿기 직전 방향을 틀며 키메라의 위로 떨어져 내렸고, 키메라에 닿으려는 순간 워해머의 크기를 키웠다.

수르트의 불꽃—위헤머 폼은 순식간에 3미터가 넘는 크기로 변했고 그것을 손에 쥔 신혁돈은 키메라의 머리라 짐작되는 부분을 내리찍었다.

까아앙!

쩌저적! 쩌적!

마치 얼음 파편이 튀듯 충격에 의해 깨져 나간 키메라의 조각들이 사방으로 튀어나갔고 그와 동시에 키메라의 몸에 금이 가기 시작했다.

'한 방 더!'

금이 간 것만으로는 만족할 수 없다.

신혁돈은 다시 한 번 위헤머를 든 손을 뒤로 젖혔고 그 순간.

파삭!

촤라락!

얼어 있는 키메라의 촉수 중 두 개가 신혁돈의 공격에 의한 충격으로 얼음을 털어냈고 그와 동시에 신혁돈의 몸을 노리고 쏘아졌다.

촉수의 방향은 다리와 허리.

공격을 감행한다면 길드원들이 편하게 싸울 순 있겠지만 신혁돈은 잠시 동안 전투에서 물러나 있어야 한다.

하지만 이번 기회를 놓친다면?

백종화는 에르그 에너지의 과도한 소모로 인해 이미 탈진에 가까운 상태였고 다른 길드원들의 공격이 통할지는 미지수.

변수도 있다.

신혁돈의 공격이 적중한 순간, 촉수가 방향을 잃고 엉뚱한 방향을 찌르는 변수가.

'감행한다.'

신혁돈은 세뿔가시벌레의 껍질에 에르그 에너지를 불어넣으면서 머리 위로 들었던 거대한 워해머를 내리쩍었다.

쿠우웅!

쩌억!

촤라락!

신혁돈의 공격이 적중한 순간 금이 가 있던 키메라의 몸은 마치 폭탄이라도 터진 듯 수백 개로 쪼개지며 사방으로 날아갔고, 그와 동시에 날아온 두 개의 촉수가 방향을 잃고 휘청거렸지만 두 개 중 하나는 정확히 신혁돈의 허벅지를 노리고 날아왔다.

피할 도리가 없던 신혁돈은 최대한 몸을 돌려 공격이 스치길 기대하며 몸으로 촉수를 받아냈다.

팟!

"큭!"

어른 주먹만 한 촉수가 고르곤의 가죽과 세뿔가시벌레의 껍질을 뚫고 신혁돈의 허벅지에 틀어박혔다.

신혁돈은 곧바로 수르트의 불꽃을 검으로 변화시켜 촉수를 잘라낸 뒤 허벅지에서 빼냈다.

촤악!

어마어마한 출혈이 일어나며 순간 눈앞이 아른거렸지만 신혁돈은 간신히 균형을 잡은 채 뒤로 물러났다.

신혁돈은 곧바로 불의 벗에 내장된 스킬인 중급 치료를 사용했고 그와 동시에 상처가 아무는 듯 보였으나 상처에 남아 있는 검은 기운이 중급 치료를 방해했다.

하지만 더 이상의 출혈은 없었기에 신혁돈은 자신의 상처에서 신경을 끈 뒤 나누어진 키메라를 바라보았다.

1~2미터 정도의 자잘한 얼음 덩어리가 사방으로 튕겨져 나갔고, 그 사이에 3미터는 될 법한 거대하고 붉은 덩어리가 하나 남아 있었다.

패러독스는 본능적으로 저것이 키메라를 구성하는 핵임을 알아챌 수 있었다.

그 순간.

"얼음을 부숴라!"

길드원들의 근처로 날아온 신혁돈이 소리쳤고 밀리 계열의 능력자들이 주변의 얼음으로 달려들었다.

그 순간.

붉은 덩어리가 붉은 빛기둥을 위로 쏘아 올렸다. 그와 동시에 길드원들이 걸음을 멈춘 채 무기를 들며 공격에 대비했다.

"키에에!"

붉은 빛기둥이 사라진 순간.

모든 얼음이 녹아내렸고 얼음 속에 있던 키메라의 조각들은 각자의 모습을 갖추며 몸에 묻은 물기를 털어냈다.

"젠장……."

불행 중 다행으로 다시 합쳐지진 않았지만 그 수가 수백에 달했다.

"원형 방어진을 유지하면서 핵을 향해 돌격한다."

신혁돈의 명령이 떨어지자 신혁돈을 중심으로 모든 길드원들이 모여들었고 그와 동시에 키메라들의 공격이 시작되었다.

상식과는 동떨어진 생김새의 괴물들은 말도 안 되는 거리에서 상상할 수 없는 방향으로 공격을 해왔고 길드원들은 순식간에 자잘한 상처를 입으면서도 한 마리씩, 한 마리씩 천천히 처치해 나갔다.

덩치는 소만 한 것이 머리가 세 개였다. 머리의 반 이상이 거대한 입으로 채워져 있어서 머리라고 부르기도 뭐하긴 했지만 어쨌거나 그렇게 생긴 괴물이 윤태수의 머리를 씹어 삼키기 위해 달려오고 있었다.

저 정도의 덩치가 달려와서 받아버린다면 방어진의 한 축이 무너지고 만다.

판단이 선 윤태수는 곧바로 가슴을 펼친 채 고르곤의 분노를 쏘았고 달려오던 키메라의 조각은 형체조차 남기지 못한 채 사라졌다.

그 순간.

윤태수의 주변에 있던 모든 키메라들의 붉은 눈이 그에게로 고정되었다.

윤태수는 뒷덜미에 서늘한 칼이 들어온 것 같은 섬뜩함을 느끼며 검을 꼿꼿이 세웠다.

그사이 고준영은 제 판을 찾은 듯 미쳐 날뛰고 있었다. 괴물들 중 그의 능력인 '순간 가속'으로 올린 속도를 따라잡을 수 있는 괴물은 없었고 그 덕에 고준영의 판이 펼쳐져 있었다.

문제는 뒤처리.

길드원들이 고군분투하며 키메라들을 썰어젖히고 있었지만 쓰러지는 것은 그때뿐. 조각난 키메라들은 자기들끼리 이리저리 붙어먹으며 다시 일어서고 있었다.

가장 큰 문제는 신혁돈이 활약하지 못하고 있다는 것.

그의 허벅지에 달라붙은 검은 기운들이 에르그 에너지가 움직이는 것을 방해하고 있었다.

전투를 포기한 이서윤이 그에게 달라붙어 치료를 하고 있었지만 속도가 너무나 더뎠다.

그렇다 보니 박동하듯 붉은빛을 뿜고 있는 키메라의 핵에 다가가기는커녕 쓸모없는 소모전만 펼쳐지고 있었다.

전황을 살핀 신혁돈이 이를 악물었다.

에르그 에너지를 사용할 수 없는 상황의 신혁돈은 그저 힘이 센 일반인일 뿐이다. 키메라 한 마리조차 상대하기 힘든 상황.

'실수다.'

검은 기운이 몸속으로 파고들 것이라 생각하지 못한 것이 너무 큰 실수였다.

'이대로라면 패배한다.'

패배는 곧 죽음을 의미한다는 것을 모르는 사람은 없다.

'타개할 방법.'

키메라의 핵을 부수는 것밖에 없다. 그리고 그것을 할 수 있는 사람은……

신혁돈의 시선이 자연스럽게 윤태수의 뒤통수로 향했고 그의 시선을 느낀 것인지 윤태수가 뒤를 돌아보았다.

그러고는 신혁돈의 눈 속에 담긴 뜻을 읽었다는 듯, 천천히 고개를 끄덕였다.

"연수, 강태."

"예? 으앗!"

갑자기 불린 이름에 윤태수를 바라보았던 한연수는 자신의 가슴을 향해 쏘아진 바늘을 쳐내며 비명을 질렀다.

어리바리한 모습에 헛웃음을 흘린 윤태수가 두 사내에게 말했다.

"잠깐 자리 좀 비우마."

"예?"

윤태수는 대답조차 듣지 않고 키메라의 핵을 향해 달리기 시작했다.

당황한 한연수가 그의 뒤를 따르려 했지만 민강태가 그의 팔목을 붙잡은 뒤 거칠게 뒤로 끌어냈다.

"방어진이 깨지면 다 죽는다."

한연수는 입을 벌린 채로 검을 들고 있는 민강태와 달려가고 있는 윤태수의 뒷모습을 바라본 뒤 입술을 악물었다.

―'심장을 지키는 자.'

평상시 흉갑의 모습을 하고 있습니다. 전투 시 에르그 에너지를 주입하면 몸 전체를 감싸는 전신 갑옷의 형태로 변합니다.

치명적인 상처를 입었을 때, 단 한 번 고르곤의 심장을 지키는 흉갑에 담긴 모든 에너지를 소모해 모든 상처를 치유시킵니다.

윤태수가 믿는 비장의 한 수이자 고르곤의 심장을 지키는 흉갑이라는 에픽 아이템에 내장되어 있는 스킬이다.

'한 방을 노린다.'

윤태수는 자신을 노리고 달려드는 키메라 조각들의 손을 잘라내고 촉수를 뿌리치고는 발밑에서 솟구치는 가시를 피해 점프했다.

남은 거리는 50미터가량.

'한 번에 도착할 수 있다면 좋을 텐데.'

이대로라면 핵에 도착하기도 전에 큰 상처를 입어 심장을 지키는 자가 발동할지도 모르는 일이었다.

착지를 위해 괴물들의 사이를 바라본 순간, 윤태수의 몸이 거인의 손에 잡히기라도 한 듯 둥실 떠올랐다.

그는 익숙한 에르그 에너지가 자신의 몸을 감싼 것을 느끼며 뒤를 돌아보았고 파리한 안색의 백종화가 자신을 향해 손을 뻗고 있는 것을 발견할 수 있었다.

윤태수는 그에게 고개를 끄덕여 준 뒤 키메라의 핵을 바라보았다.

어느새 윤태수는 키메라의 핵 바로 위에 도착해 있었고 윤태수가 검을 역수로 쥔 순간, 그를 허공에 띄워주고 있던 에르그 에너지가 사라졌다.

"하아아아압!"

그와 동시에 윤태수가 키메라의 핵을 향해 떨어져 내렸다.

＊　　　　＊　　　　＊

윤태수의 검이 키메라의 핵에 꽂힌 순간, 그는 온몸의 에르그 에너지를 끌어내 증폭을 발휘시킨 뒤 검에 집중해서 죽 그어 내렸다.

찌이익!

마치 긴 천이 찢어지듯 키메라의 핵이 찢어졌고 사람 하나가 들어갈 수 있는 공간이 생긴 순간 윤태수는 키메라의 핵 내부로 비집고 들어갔다.

'흐읍.'

산 채로 흙속에 매장당한 기분이 이러할까. 입과 코를 막아 오는 악취 나는 덩어리들과 아무것도 보이지 않는 시야.

윤태수는 답답함을 느낄 새도 없이 검을 휘두르며 앞으로 전진하려 애를 썼다.

하지만 검이 어딘가에 걸려 움직이지 않자 윤태수는 검의 손잡이를 놓아버린 뒤 에르그 에너지를 손톱에 집중시키며 증폭을 걸었다.

그리고 수영을 하듯 키메라의 핵 내부를 파헤쳐 나가기 시작했다.

'큭.'

맨손으로 흙을 파헤치는 고통에 손톱이 뽑혀 나갈 것 같았지만 윤태수는 쉬지 않고 움직이며 중심부라 생각되는 곳을 향해 파고 들어갔다.

'제발 버텨라.'

자신의 손톱, 그리고 밖에서 고군분투를 하고 있을 패러독스의 일행들에게 닿을지 모르는 기도를 한 윤태수는 계속해서 키메라 핵의 내부를 파냈고, 중심부라 생각이 든 순간 아공간을 열어 아차람의 구슬을 꺼내려 했지만 손이 닿지 않았기에 물건을 꺼낼 수 없었다.

그렇다면…….

'아공간을 부순다.'

입구를 부수는 것이 아닌 아공간 자체를 파괴해 아공간 속에 있는 모든 물건을 꺼내려는 것이었다.

윤태수는 에르그 에너지를 끌어모은 뒤 손등에 있는 아공간을 파괴시켰다.

그 순간.

파아앙!

압축된 아공간 속에 있던 모든 물건들이 그의 손등을 뚫고 나왔다.

'끄아아!'

손등에 구멍이 뚫리기라도 한 듯 엄청난 고통이 몰아쳤지만 그것에 신경 쓸 시간이 없었다.

윤태수는 아차람의 구슬이 있을 것이라 예상되는 곳에 에르그 에너지를 모으며 증폭을 사용시켰다.

우우우웅!

'됐다!'

아차람의 구슬이 터질 때 나는 진동이 들린 순간.

윤태수는 모든 에르그 에너지를 회수한 뒤 고르곤의 심장을 지키는 흉갑으로 집어넣었다.

'발동… 하겠지?'

심장을 지키는 자가 발동하지 않는다면?

'개죽음… 까진 아니지.'

동료들을 위기에서 구하기 위해 자신의 목숨을 던진다.

이 얼마나 멋진 죽음이란 말인가.

그 순간.

콰아아아앙!

윤태수의 아공간에 있던 수십 개의 아차람의 구슬이 연쇄 폭발을 일으켰다.

"태수 형님!"

윤태수가 키메라의 핵에 검을 꽂아 넣은 순간, 세 떨거지들이 동시에 비명과도 같은 고함을 질렀다.

하지만 윤태수를 위해 할 수 있는 것은 없었다.

"으아아아!"

눈이 뒤집힌 세 떨거지들이 혼신의 힘을 다해 주변의 키메라들을 밀어붙였지만 얼마 지나지 않아 재생한 키메라들 때문에 다시 뒤로 물러설 수밖에 없었다.

그사이 윤태수는 키메라의 핵 안으로 들어갔고 길드원들은 입을 다물었다.

'혁돈 형님만 멀쩡했어도……'

그가 에르그 에너지를 운용할 수 있었다면 자신들이 키메라를 상대하는 사이 신혁돈이 키메라의 핵을 부숴주었을 것이었다.

하지만 그럴 수 없었기에 윤태수가 나선 것이다.

'차라리… 차라리 나에게 힘이 있었다면.'

고준영과 민강태, 한연수는 같은 생각을 하며 키메라들을 상대했다.

에르그 에너지가 고갈된 상태에서 무리하는 바람에 서 있기조차 힘들어진 백종화는 길드원들의 중심에 쓰러지듯 주저앉았고 그의 옆에 안지혜가 섰다.

안지혜는 모든 키메라를 묻어버리겠다는 듯 흙의 거인을

소환해 싸우고 있었지만 그것도 잠시, 땅에 묻힌 키메라들은 기어코 땅을 파고 나와 길드원들을 공격했다.

그나마 다행인 것은 김민희가 활약하고 있다는 점.

그녀는 비홀더의 눈을 앞세운 채 일당백의 역할을 해내고 있었다.

거대한 방패에 달린 가시를 앞세워 적들을 밀어내고 아엘로의 창으로 키메라들의 다리처럼 보이는 것들을 모조리 찔러 버렸다.

다리를 잃은 키메라들은 다리가 회복될 때까지 움직이지 못했고 길드원들에겐 여유가 생겼다.

김민희 또한 여유를 찾고 키메라의 핵을 바라본 순간.

펑!

거대한 키메라의 핵이 들썩이며 폭발음이 들렸다.

"뭔가 터졌……."

김민희의 말이 끝나기도 전.

콰아앙! 쾅쾅쾅콰아아아앙!

키메라의 핵 속에서 어마어마한 폭발이 일었다.

"…맙소사."

물풍선이 터지듯 키메라의 핵 속에 있던 것들이 사방으로 날아갔고 그와 동시에 맹목적으로 길드원들을 공격해 대던 키메라 조각들의 몸이 굳떠졌다.

그 순간.

키메라의 핵을 보고 있던 신혁돈의 눈에 키메라의 신체가 아닌, 검은 돌덩어리 같은 것이 하늘을 나는 것을 발견했다.

"안지혜!"

신혁돈이 소리치며 손가락을 뻗었고 그것을 본 안지혜가 흙의 거인을 움직여 바닥에 떨어지기 직전의 검은 돌덩어리를 낚아챘다.

안지혜가 움직인 흙의 거인이 검은 돌덩어리를 낚아챈 순간.

촤악!

촤아아악!

키메라 조각들의 몸에서 알 수 없는 액체들이 쏟아져 나왔다.

검은색 액체는 숨을 쉬기 힘들 정도의 악취를 뿜었고 액체를 뿜은 키메라들은 녹아 없어지듯 형체를 알 수 없게 되어 바닥으로 늘어졌다.

"끝난 건가?"

김민희는 아엘로의 창을 부른 뒤 바닥에 흩뿌려져 있는 키메라 조각들의 시체를 건드려 보았다. 그리고 곧 키메라 조각들의 껍질만 남았으며 본체는 액체가 되어 사라졌다는 사실을 알아낸 뒤 길드원들에게 알렸다.

그사이 길드원들은 안지혜의 거인이 받아낸 검은 돌덩어리를 받아 눕혔다.

검은 돌덩어리의 모습을 하고 있던 것은 고르곤의 흉갑에 빈틈없이 감싸여 있는 윤태수였다.

제일 먼저 도착한 고준영은 검을 뽑아 들고서 갑옷의 연결 고리 틈에 찔러 넣고 갑옷을 해체하려 했다.

티잉!

하지만 연결 고리를 끊기는커녕 고준영의 검이 튕겨 나왔다. 고준영이 당황한 얼굴로 갑옷과 자신의 검을 번갈아 본 순간, 신혁돈이 말했다.

"심장을 지키는 자가 발동됐군."

"예. 그런 어떻게 합니까?"

"둬라."

아이템의 스킬은 가이아의 권능 시스템이 만들어낸 것으로 절대적인 힘을 발휘한다.

즉, 모든 상처를 치유시키기 위해 갑옷이 온몸을 감싼 것이니 그는 무사히 나올 것이었다.

신혁돈은 그렇게 믿고선 주변을 둘러보았다.

키메라들의 시체가 사방에 널려 있었고 그 사이로 에르그 코어가 떠올라 있었다.

"어디에선가 소환된 괴물이었나 보군."

만약 누군가 만들어낸 괴물이었다면 컨커나 룰러처럼 에르그 코어를 드롭하지 않아야 정상이다.

키메라들이 에르그 코어를 남겼다는 것은 다른 차원의 존재라는 뜻.

"혹은 이곳이 다른 차원일 수도 있지 않겠습니까?"

조금은 회복이 되었는지 안색을 되찾은 백종화가 말했고 신혁돈이 고개를 끄덕였다.

"가능성 있다."

지구보다 짙은 농도의 에르그 에너지와 에르그 코어만으로 확정지을 순 없겠지만 충분히 가능성 있었다.

"에르그 코어부터 챙기자."

신혁돈의 말에 길드원들이 에르그 코어를 챙기러 움직였고 지친 백종화는 갑옷에 둘러싸인 윤태수의 옆에 앉았다.

그사이 신혁돈은 키메라의 핵이 있던 곳으로 다가가 바닥을 살폈다.

"완전히 죽은 것이 아니었나."

바닥에는 아이의 손바닥만 한 키메라의 에르그 기관이 남아 있었다.

에르그 기관은 키메라의 습성이 남아 있는지 주변에 널려 있는 키메라 조각들의 시체를 향해 꿈틀거리며 기어가고 있었다.

신혁돈은 그대로 밟아 터뜨려 버리려다가 발을 멈추고선 키메라의 에르그 기관을 주워 들었다.

'어떤 스킬이 생길까.'

신혁돈은 보통 사람이라면 역겨운 냄새에 얼굴 근처에도 가져다 대지 못할 에르그 기관을 그대로 입에 넣고 씹었다.

몇 달 묵힌 음식물 쓰레기를 씹는 듯한 악취와 식감에 아무리 신혁돈이라도 미간이 찌푸려질 수밖에 없었지만 신혁돈은 꾹 참고서 에르그 기관을 씹어 삼켰다.

에르그 기관이 목으로 넘어간 순간.

[키메라의 영혼을 흡수하셨습니다.]
[보유한 영혼의 수 : 1]

메시지를 본 신혁돈이 짧게 혀를 찼다.

바로 스킬이 생겼다면 세이비어와의 전투에 도움이 되었을 텐데 영혼만 생기고 넘어간 것이 아쉬웠기 때문이다.

하지만 나쁠 것은 없었다.

영혼 포식으로 얻은 스킬 중 그를 실망시킨 스킬은 단 하나도 없었기 때문.

신혁돈은 선 채로 눈을 감고선 머릿속으로 흘러들어 오는 키메라의 기억을 읽기 시작했다.

키메라의 시작은 슬라임 타입의 오즈라 불리는 1등급의 몬스터였다.

높은 나무에 매달려 살아가는 존재로서 지나가는 생물의 머리 위로 떨어져 자신의 몸에 가둬 죽인 뒤 체액을 빨아먹는 아주 약한 몬스터.

하지만 키메라의 시작이 된 오즈는 신혁돈으로서는 상상도 할 수 없을 만큼 오랜 세월을 살아온 존재였다.

그렇게 될 수 있었던 이유는 오즈가 사는 차원이 달보다 작은 크기였으며 생태계 또한 오즈가 지배할 수 있을 정도로 약했기 때문이었다.

그러던 어느 날, 차원의 수호자 정도의 힘을 얻게 된 오즈는 지능을 갖게 되었고 그들의 차원에 그리드가 침공하게 되었다.

오즈는 약한 괴물들을 잡아먹으며 그들의 힘을 기반으로 더욱더 성장하였지만 결국 직접 나선 마왕에 의해 모든 힘을 잃고 바커스의 수하가 되었다.

힘을 빼앗기며 지능을 잃은 오즈는 결국 세이비어의 손에 떨어지게 되었고 이런 모습으로 변해 버린 것이었다.

스토리도 개연성도 없는 한 편의 영화를 본 기분이었다.

'힘의 흡수라……'

오즈의 능력은 신혁돈과 흡사한 면이 있었다. 자신이 흡수한 상대의 힘을 이용한다는 것.

'어쩌면 포식이 진화할 수도 있겠어.'

신혁돈의 근간이나 다름없는 포식이 지금보다 더욱 발전하게 된다면 그는 더욱더 강해질 수 있을 것이었다.

신혁돈이 오즈의 기억을 살피던 사이 길드원들은 에르그 코어를 챙기고 윤태수의 주위에 모여 있었다.

윤태수의 옆에 앉아 페이스 가드에 싸여 있는 그의 얼굴을 바라보던 고준영이 백종화를 바라보며 물었다.

"어떻게 보면 키메라는 중간 보스잖습니까?"

"그렇지."

"그런데 이렇게 애를 먹을 정도면… 세이비어는 얼마나 셀지 상상이 안 가는데 말입니다."

"글쎄. 세이비어가 더 강할 거 같다는 생각은 안 드는데."

"보통은 그렇지 않습니까?"

땅을 바라보고 있던 백종화의 시선이 그제야 고준영에게로 향했다.

"보통이 뭔데?"

"그… 게임에서라거나 그런 거 있지 않습니까."

"이건 게임이 아니다."

순간 백종화와 눈을 맞춘 고준영은 그의 기세에 눌려 자기도 모르게 고개를 끄덕이고서는 시선을 돌렸다.

그러자 백종화가 말했다.

"하지만 네 말도 일리는 있어. 이 정도 괴물을 소환해 냈다는 건 이런 괴물을 다룰 수 있는 수단이 있다는 거니까. 그 수단이 키메라보다 압도적으로 강한 힘이 아니길 바라야지."

조금은 누그러진 눈빛에 고준영이 고개를 끄덕였고 그사이 신혁돈이 다가왔다.

"태수는?"

"들어보니까 호흡은 안정된 것 같은데 갑옷이 열리질 않습니다."

신혁돈은 갑옷에 싸여 있는 윤태수를 힐끗 보고선 말했다.

"그럼 태수가 일어날 때까지 휴식하도록 하지."

*　　　　*　　　　*

악취가 엄청나긴 했지만 후각이 마비된 탓인지 별로 역하게 느껴지지도 않았기에 길드원들은 여기저기 벌러덩 드러누워 휴식을 취하기 시작했다.

그사이 신혁돈은 백종화를 부른 뒤 지도를 켜며 말했다.

"더 이상의 싸움은 힘들다."

신혁돈의 말을 들은 백종화의 시선이 자연스럽게 그의 허벅지로 향했다.

"심각합니까?"

신혁돈은 그의 질문에 대한 대답 대신 헤이톤의 호의로 불러낸 지도를 가리키며 자신의 말을 이었다.

"포인트 2와 3. 이 중 어디에 세이비어가 있는지 확실히 알아내야 우리가 살 수 있다."

그가 대답하지 않고 말을 돌린 것만으로도 상황의 심각성을 인지할 수 있었기에 백종화는 더 묻지 않고 신혁돈의 손가락을 따라 시선을 움직였다.

그리고 입을 열려는 순간, 분신을 만들어 신혁돈의 빈자리를 메우며 전투에 큰 공헌을 했던 헤르메스가 다가와 두 사람의 옆에 앉았고 백종화는 그에게 고개를 끄덕여 인사한 뒤 말을 이었다.

"이 공간도 그렇고 세이비어라는 적 자체가 처음 상대하는 유형이다 보니 파악이 쉽지 않습니다."

"그래도 해야 돼."

신혁돈은 백종화의 눈을 바라보았고 그의 시선을 받은 백종화는 입술을 잘근 씹은 뒤 고개를 끄덕였다.

"일단… 세이비어는 안정을 추구합니다. 그의 목표가 뭔지는 아직 모르지만 일단 마왕의 힘을 받아 호루스의 눈이라는 단체를 만든 뒤 배후에서 조종하던 것을 보아… 지구 정복 뭐 비슷한 걸 하려 했을 겁니다."

그의 말에 동의한다는 듯 신혁돈이 고개를 끄덕이자 백종화가 말을 이었다.

"그건 중요한 게 아니니 넘어가고, 그는 자신의 직속 수하인 호루스의 눈 멤버들에게도 얼굴을 보여주지 않았다고 하셨습니다."

"그렇지."

"그런 면을 보면 그는 생각보다 겁쟁이일 가능성도 있습니다. 혹은 자신이 힘을 나눠준 부하들에게 뒤통수를 맞는다거나 하는 걱정을 하고 있을 수도 있겠죠. 그런 것들을 종합해 보면… 세이비어는 형님이 말씀하신 대로 '연결 통로' 그 이상도 이하도 아닐 가능성이 높다고 보입니다."

신혁돈 또한 비슷한 생각을 했었기에 자연스럽게 고개가 끄덕여졌다.

"저택에 들어오기 전 보았던 가드너 스파이더가 부리던 괴물들이라든가, 여기서 본 키메라 모두 강한 괴물들이지만 이지가 없습니다. 그리고 그 정도의 힘을 지닌 이라면 당연히 거대한 단체를 소유하게 마련인데 그조차도 올마이티가 끝이었죠."

백종화는 자신이 말하고 있는 것 중 틀린 점은 없는지 홀로 되짚은 뒤 다시 말을 이었다.

"결론을 내리자면 그는 사람을 믿지 못하며, 그런 환경에서 자라다 갑자기 큰 힘을 얻은 일종의 졸부가 아닐까 싶습니다."

백종화는 지도의 끝쪽에 작게 만들어져 있는 포인트 3을 가리키며 말했다.

"그러니 이곳. 미로의 끝에 숨어 있을 가능성이 높다고 보입니다."

"신빙성 있다."

"문제는 이곳까지 가는 방법입니다. 적어도 100개는 넘는 벽을 부숴야 할 것 같은데 형님과 태수가 힘을 쓰지 못하는 지금 상황에서 벽을 부수는 데 힘을 낭비할 순 없습니다. 그렇다고 미로의 길을 따라가자니 어떤 함정이 도사리고 있을지도 모르는 상황이고 말입니다."

그때, 답지 않게 둘의 대화를 조용히 듣고 있던 헤르메스가 입을 열었다.

"그건 내가 해결할 수 있을 것 같은데."

두 사람의 시선이 얼굴에 꽂히자 헤르메스는 뒷덜미를 슬쩍 주무르더니 말을 이었다.

"우리는 이곳에 있고 분신을 보내는 거지. 지금까지야 함정

탐지할 때만 보냈지만 상황이 이러면 어쩔 수 없지 않겠어?"

헤르메스의 말에 백종화가 눈썹을 살짝 올리며 물었다.

"키메라가 격퇴된 상태에 세이비어가 무슨 짓을 할지 모릅니다. 벽을 부수는 것보다 분신을 이용하는 게 빠를 거라 생각하시는 겁니까?"

"음… 뭐 비슷합니다. 분신을 한 200개 정도 만들면 모든 함정을 때려 부수면서 달릴 수 있지 않겠습니까?"

"…200개요?"

"예."

헤르메스는 그게 무슨 문제가 되느냐는 듯 되물었고 그의 말을 받은 백종화의 시선이 신혁돈에게로 향했다.

마치 알고 있었느냐 하는 눈빛에 신혁돈이 헤르메스를 보며 물었다.

"그게 가능하다고?"

"물론 오랜 시간 유지는 힘들고 각자 갖는 전투력도 떨어지긴 하겠지만 어차피 함정을 발동시킬 정도의 물리력만 있으면 되는 거 아니야?"

"그렇지."

"그럼 가능해."

헤르메스의 확답을 들은 순간, 백종화의 눈이 반짝이며 지도를 훑었다.

그는 곧바로 손가락으로 지도 위를 훑으며 홀로 중얼거리기 시작했고 신혁돈은 팔을 뒤로해 기대며 짧은 웃음을 흘렸다.

　헤르메스는 집중하고 있는 백종화의 얼굴을 힐끗 보고선 신혁돈에게 물었다.

　"뭔데?"

　"너라는 자원을 이용해 새로운 작전을 짜는 거지."

　헤르메스는 알 수 없다는 듯 백종화를 바라본 뒤 그가 띄워놓은 지도를 바라보았다.

　"그럼 포인트 3으로 확정 지은 건가?"

　"다른 의견이 있나?"

　헤르메스는 콧산등을 한 번 긁석이고는 포인트 2와 3 이외의 포인트를 가리키며 말했다.

　"여긴?"

　"왜?"

　"일단 여길 포인트 4라고 정하자. 그리고… 여긴 지금 우리가 있는 포인트 1이야."

　신혁돈이 고개를 끄덕이자 헤르메스가 말을 이어갔다.

　"그리고 여기가 2와 3. 그리고 미로의 길을 보면……."

　헤르메스는 손가락 끝으로 미로의 길을 연결하기 시작했고 그의 손가락 끝을 따라 미로의 길을 바라보던 신혁돈의 미간이 찌푸려졌다.

"길이 이어지는군."

"그렇지. 그리고 이 길의 끝이… 바로 포인트 4라는 거야. 즉, 포인트 1, 2, 3을 지나지 않으면 닿지 못하는 곳. 쉽게 말하자면 세 개의 거대한 함정을 지나지 않으면 도착하지 못하는 곳이라는 거지."

홀로 생각에 잠겨 있던 백종화가 반개한 눈을 부릅뜨며 헤르메스를 바라보았다.

"맙소사."

"예?"

"그런 방면으로 볼 수도 있었군요?"

갑작스러운 칭찬에 헤르메스는 어색하게 웃었고 백종화는 고개를 천천히 끄덕인 후에 다시 작전을 짜기 시작했다.

할 게 없어진 헤르메스와 신혁돈이 상처에 대해 이야기를 하고 있는 사이, 무언가에 막힌 듯한 신음이 들려왔다.

그 순간 생각에 잠겨 있는 백종화를 제외한 모든 이들의 시선이 윤태수에게로 향했다.

"형님?"

윤태수의 바로 옆에 앉아 그를 살피고 있던 고준영이 바로 일어서며 윤태수의 입이 있을 페이스 가드에 귀를 댔다.

그리고 몇 초가 지나지 않아 고준영이 소리쳤다.

"깨어나셨습니다!"

그 순간.

쩌어어억!

마치 번데기가 나비로 변태하듯 갑옷의 상판부가 쩍 갈라지며 윤태수의 몸이 드러났다. 그와 동시에 윤태수의 비명이 돔 전체에 울려 퍼졌다.

"크하아!"

윤태수는 갑옷이 갈라지며 생긴 틈에 손가락을 끼워 넣고는 양쪽으로 벌렸다.

그러자 그를 감싸고 있던 갑옷이 쩌적거리는 소리와 함께 완전히 갈라졌고 윤태수는 마치 죽음에서 살아 돌아온 망자처럼 크게 숨을 몰아쉬며 주변을 둘러보았다.

"허억… 허억… 키메라는? 죽었습니까?"

그의 옆에 있던 고준영이 고개를 끄덕이자 윤태수는 숨을 몰아쉬며 양손으로 얼굴을 감쌌다.

그러자 윤태수의 손을 본 고준영이 의아하다는 얼굴로 그의 오른손을 만져보았다.

"어?"

"뭐. 왜?"

이상한 반응에 윤태수는 자신의 오른손을 보았고 그 또한 의아하다는 듯 자신의 오른손을 왼손으로 만져보았다.

"이거 사람 손 아닙니까?"

"…그러네?"

이서윤이 만들어주었던 쇠로 된 손 대신 멀쩡한 오른손이 자라나 있었다. 그사이 윤태수의 뒤로 다가온 신혁돈은 그의 뒤에 앉아 어깨를 두들겨 주며 말했다.

"고생했다."

윤태수는 뒤를 돌아보며 고개를 끄덕인 뒤 자리에서 일어 섰다.

그의 몸을 감싸고 있던 길드복은 바지 부분만 남기고 형체 도 없이 사라져 버렸기에 그의 상체가 완전히 드러나 있었는 다. 드러난 그의 피부는 아기의 그것처럼 뽀얗고 상처 하나 없 었다.

"…와."

자신도 모르게 탄성을 흘린 이서윤은 그의 등에 손을 뻗었 고 그녀의 손이 닿은 순간 윤태수는 화들짝 놀라며 뒤를 돌 아보았다.

"지금 뭐하는 겁니까?"

"어… 미안해요. 무슨 남자 피부가 그렇게 좋아요?"

"예?"

그제야 윤태수는 자신의 몸을 내려다보았고 자신의 피부가 새로 태어난 것처럼 좋아진 것을 알아차렸다.

"'모든 상처를 치유한다'는 말에 피부의 재생까지 포함되어 있나 보지."

신혁돈의 말에 윤태수가 어안이 벙벙한 얼굴로 고개를 끄덕이자 신혁돈이 다시 물었다.

"몸 상태는 어때?"

윤태수는 자신의 몸을 더듬어보다 답했다.

"거의 다시 태어난 느낌이지 말입니다. 눈앞에 그리드가 있다면 때려잡을 수 있을 것 같습니다."

과장된 언사에 헛웃음을 흘린 윤태수는 다시 한 번 그의 어깨를 두들겨 주었고, 그때 작전 구상을 끝낸 백종화가 다가와 윤태수를 안아주었다.

"고생했다. 그리고 고맙다."

"뭐 형님도 상황만 됐다면 똑같이 하지 않았겠습니까?"

백종화는 대답 대신 그의 어깨를 두들겨 준 뒤 말했다.

"그건 그렇고 방금 말한 건 지켜야지."

"예?"

"그리드라도 잡을 수 있을 것 같다며. 일단 세이비어부터 잡으러 가자."

윤태수는 무언가 억울한 느낌이었지만 말로 표현할 수가 없었고 결국 길드원들과 함께 움직이기 시작했다.

　　　　＊　　　　　＊　　　　　＊

　심장을 지키는 자를 발동한 고르곤은 고치 상태가 된 후 파괴되었다. 오랜만에 고르곤의 흉갑을 벗은 윤태수는 갑옷이 없는 몸이 어색한지 계속해서 가슴과 등을 어루만지며 걸었다.

　그러다 벽에 도착한 순간.

　헤르메스가 한 걸음 앞서며 열 명의 분신을 만들어냈고 안지혜가 거인의 주먹을 만들어낸 뒤 벽을 부수었다.

　펑! 펑! 펑!

　"몇 번을 봐도 신기하단 말이야."

　헤르메스와 똑같이 생긴 분신들은 곧바로 벽에 뚫린 구멍을 향해 달려들었고 곧 이리저리 퍼지며 미궁의 모든 함정을 발동시키기 시작했다.

　작전은 간단했다.

　패러독스의 일행은 포인트 2, 3, 4의 정중앙으로 이동한다. 그러고는 2, 3, 4로 갈 수 있는 길을 분신을 이용해 뚫은 뒤 4로 이동한다.

　4에 도착한 순간, 헤르메스의 분신이 2와 3을 확인한다.

　세이비어가 포인트 4에 있다면?

　그보다 좋을 수 없다.

만약 2나 3에 있다면?

미리 뚫어놓은 길로 빠른 속도로 이동해 세이비어를 제거한다.

얼핏 보면 허술하기 그지없었지만 헤르메스가 부리는 200명의 분신이 더해지자 완벽한 작전으로 둔갑할 수 있었다.

"자, 그럼 준비 끝."

포인트 2, 3, 4의 정중앙에 도착한 뒤 헤르메스의 분신들이 몸으로 함정을 파괴하며 달려 나갔고 거의 30분이 지나고 나서야 길을 뚫을 수 있었다.

"그럼 가보자."

헤르메스는 분신을 움직여 포인트 2와 3 앞에 분신들을 배치시켰다.

그리고 4의 벽 앞에 선 순간.

헤르메스가 백종화를 불렀다.

"종화 씨."

"예."

"제가 포인트 4가 있다는 가설을 내놓았을 때, 어떻게 바로 수용할 수 있었던 겁니까?"

그의 물음에 백종화는 미간을 구기며 되물었다.

"그게 무슨 말입니까?"

"그 직전에 목적지는 포인트 3이라고 말했고 그에 대한 작전을 구상하고 있었잖습니까? 그걸 모두 뒤엎을 정도의 확신이 제게 있는 건 아니었고 그저 의견일 뿐이었잖습니까. 그런데 그전의 의견들을 모두 뒤엎으며 제 말을 들은 이유가 궁금해져서 말입니다."

그의 말에 백종화는 헛웃음을 짓고선 답했다.

"더 나은 의견을 내놓는 데 있어서 누가, 혹은 어떤 자리에 있는 사람 같은 수식어는 중요한 게 아닙니다. 그 의견이 지금 상황을 타개하는 데 도움을 줄 수 있다면 그 의견을 받아들이는 게 맞는 겁니다. 물론 사회가 그렇게 돌아가는 건 아닙니다만 전 그렇게 생각합니다."

백종화의 대답에 헤르메스는 놀란 눈을 하고선 그를 바라보았다.

"그게 말처럼 쉽지 않지 않습니까?"

"사람마다 다른 것 아니겠습니까."

헤르메스는 무언가를 깨달았다는 듯 천천히 고개를 끄덕였고 백종화 또한 고개를 끄덕여 주었다.

두 사람의 대화가 끝날 무렵, 헤르메스의 분신들이 포인트 2와 3에 도착했고 헤르메스가 신혁돈에게 말했다.

"분신들이 도착했어."

그의 말을 들은 신혁돈이 고개를 끄덕이고선 길드원들에게 말했다.

"1분 뒤 진입한다."

길드원들은 사뭇 긴장한 얼굴로 무기를 쥐었고 안지혜는 벽을 부수기 위해 에르그 에너지를 모으기 시작했다.

그리고 1분이 지났을 때.

"진입!"

신혁돈의 말이 끝나고 헤르메스는 분신들을 포인트 2와 3 안으로 들여보냈고 그와 동시에 안지혜의 거인이 포인트 4의 벽을 후려쳤다.

그리고 벽이 깨진 순간.

눈을 감고 있던 헤르메스가 말했다.

"포인트 2와 3 모두 비었어."

헤르메스의 말을 들은 순간.

모든 길드원들의 시선이 깨진 벽에 난 구멍으로 향했다. 하지만 빛 한 점 없는 공간에서 볼 수 있는 것은 없었고 길드원들의 시선은 다시 헤르메스에게 향할 수밖에 없었다.

"…그게 무슨?"

천천히 고개를 돌린 고준영이 물어오자 굳은 얼굴의 백종화가 말했다.

"전략을 간파당한 거 같은데."

말을 마친 백종화는 자신들을 비추고 있던 빛 덩어리를 움직여 구멍으로 밀어 넣었고 그러자 지도상에 있는 공간보다 더욱 큰 공간이 패러독스의 시야를 가득 메웠다.

그 순간, 신혁돈이 입술을 살짝 씹으며 말했다.

"지도를 속인 건가."

"그게 가능합니까?"

"그의 공간이니까."

"그럼 저 안에… 포인트 2, 3에 있어야 할 괴물과 세이비어가 같이 있다는 소리가 되는 겁니까?"

신혁돈은 대답하지 않았지만 무언은 긍정이 되었고 무기를 쥐고 있던 길드원들의 손이 축 늘어졌다.

"젠장."

신혁돈이 제대로 된 무력을 발휘할 수 없는 상황에서 어지간한 시련의 보스급 괴물 셋을 상대해야 한다?

차라리 볏짚을 지고 불 속에 뛰어드는 게 살아남을 가능성이 높을 것이다.

불행 중 다행인 것은 저들이 선공을 해오지 않는다는 점이었다.

그 덕에 길드원들은 생각할 시간을 얻을 수 있었고 신혁돈과 백종화, 윤태수가 생각에 잠긴 사이 헤르메스가 물어왔다.

"분신을 보내볼까? 어차피 저쪽 분신은 사용할 필요가 없어졌으니 남은 에르그 에너지를 다 사용한다 치면 백 명 정도는 만들 수 있을 것 같은데."

"고려해 보지."

헤르메스의 말에 대답한 신혁돈은 손짓을 통해 길드원들을 뒤로 물렸다.

'세이비어는 여유를 만끽하고 있을 것이다.'

지금까지 당하기만 하던 와중, 패러독스가 키메라를 상대하며 상처를 입었다는 사실을 알았을 것이고 패러독스 또한 인간이며 죽일 수 있다는 사실을 깨달았을 것이다.

그것으로 공포를 날려 버린 세이비어는 생각이라는 것을 하기 시작했고 그와 동시에 패러독스의 계략을 파악하고 최선의 수를 둔 것이다.

어차피 자신의 목숨을 노릴 것이 뻔하니 자신의 곁에 괴물들을 둔다.

'당했어.'

수르트의 불꽃 같은 아이템을 다룰 수 있는 이가 단 한 명만 더 있었어도 이토록 무력한 느낌이 들진 않을 것이다.

신혁돈은 고개를 휘휘 저어 잡념을 털어버렸다.

후회도 아쉬움도 지금은 도움이 되지 않는, 말 그대로 잡념일 뿐이다. 지금 집중해야 할 것은 적을 어떻게 죽일 것인가 단 하나뿐.

생각을 마친 신혁돈의 시선이 허벅지의 상처로 향했다.

'일단 이것부터 해결해야 한다.'

어른 주먹만 한 크기로 뚫렸던 구멍은 손가락 두 마디 정도로 작아지긴 했으나 여전히 큰 상처임은 틀림없었다.

게다가 상처에 묻어 있는 검은 기운들이 에르그 에너지의 움직임을 제한하고 있는 것 또한 여전했다.

가만히 상처를 바라보던 신혁돈의 시선이 벽에 기대앉은 채 골렘의 몸을 살피고 있는 이서윤에게로 향했다.

"이서윤."

"네?"

"내 몸. 그러니까 오른손 전체가 무언가에 감염되었다 가정하지. 팔목부터는 멀쩡한 상태고 말이야."

이서윤은 무슨 말인가 어리둥절한 표정을 하면서도 천천히 일어서서 신혁돈에게 걸어오며 답했다.

"그런데요?"

"그럼 오른손을 잘라내면 병에서 나을 수 있나?"

"…예?"

신혁돈은 다시 설명해 주는 대신 그녀의 눈을 직시했고 이 서윤은 눈썹을 찡그린 채로 신혁돈의 오른손을 바라보다가 말했다.

"일단 제가 항상 말씀드리는 거지만 전 의사가 아니에요. 전문성이 떨어진다는 뜻이죠. 하지만… 여기 있는 사람들 중에는 가장 전문적이니 말씀드리는 건데 그건 미친 짓이나 다름없어요."

"그래서 효과는?"

이서윤은 말이 통하지 않는다는 듯 고개를 들어 천장을 보며 하, 하고 한숨을 토했다.

"효과야 있겠죠. 몸에서 병균을 분리해 버리는 거니까… 하지만 절단면에서 생길 출혈과 2차 감염 등을 생각하면……."

그녀의 말이 끝나기도 전에 신혁돈은 고개를 돌려 자신의 허벅지를 보고 고개를 끄덕였다. 그러고는 자신의 오른손에 수르트의 불꽃을 소환한 뒤, 수술용 메스와 같은 작은 칼을 만들어냈다.

"…세상에, 잠깐만요. 실나 다리를 잘라내려……."

"미쳤나?"

"예?"

"멀쩡한 다리를 왜 잘라. 검은 기운에 오염된 부분만 잘라낼 거다. 그리고 회복 마법을 퍼부으면 되겠지."

정말 무식하기 그지없는 방법이었지만 이론은 완벽하다.

당장 에르그 에너지를 움직일 수 있는 방법으로 이보다 깔끔한 방법이 있을까?

이서윤은 머릿속을 가득 채우는 '합당한 방법인 것 같다'는 생각을 홀홀 털어버리며 신혁돈의 손을 붙잡았다.

"일단 죽도록 아플 거고, 둘째로 할 거면 그 미친 불붙은 칼 말고 다른 소독된 칼로 해야 치료 마법이 먹힐 거예요. 화상은 치료가 불가능하니까."

둘의 대화를 듣고 있던 헤르메스는 헛웃음을 흘리며 신혁돈의 옆으로 다가와 무릎을 꿇고 앉아 말했다.

"말려봤자 말을 들을 친구가 아니니, 어떻게 하면 최상의 결과가 나올지나 지도해 주시는 게 어떻습니까?"

그의 말에 이서윤은 긴 한숨을 내쉬었고 그사이 헤르메스는 자신이 입고 있는 옷의 소매를 찢어 둘둘 말아 신혁돈의 입가에 들이밀었다.

"됐다."

"이 상한다."

신혁돈은 거절했지만 헤르메스는 굴하지 않고 계속 신혁돈의 입에 천 뭉치를 들이밀었고 결국 신혁돈은 입에 천을 물었다.

그 과정을 보고 있던 이서윤은 이마와 눈을 동시에 짚고선 심호흡을 한 뒤 자신의 뺨을 짝 하고 두들긴 후 말했다.

"아까 말했지만 생살을 자르는 거니까 정말 죽도록 아플 거예요. 그리고 난 전문의가 아닌 만큼 당신의 대동맥을 썰어버릴 수도 있어요."

신혁돈은 물고 있던 천을 퉤 뱉고선 말했다.

"너보고 하라 한 적은 없는데?"

"시끄러우니까 다시 물고 있어요. 조그만 칼은 어떻게 구하죠?"

그녀의 타박에 신혁돈은 조용히 천 뭉치를 물었고 피식 웃은 헤르메스는 에르그 에너지를 다루어 바람으로 만들어진 칼날을 만들어냈다.

에르그 에너지로 만들어져 있다는 것만 다를 뿐 수술용 메스와 똑같이 생긴 칼날을 건네받은 이서윤은 침을 꿀꺽 삼킨 뒤 백종화에게 말했다.

"언령으로 소독 같은 것도 가능해요?"

"해보죠."

백종화는 눈을 감고 집중을 하나가 신혁돈의 나리와 이서윤의 손을 향해 언령을 발휘했다.

그러자 그의 손에서 어른 주먹만 한 투명한 액체가 흘러나와 허공에 둥둥 떠올랐다.

"알코올?"

"…제 머릿속에 소독은 알코올이라는 공식이 있나 봅니다."

"나쁘지 않네요."

이서윤은 자신의 손과 신혁돈의 다리를 알코올로 세척한 뒤 눈을 부릅뜨고 말했다.

"아프다고 꿈틀거리면 대동맥을 잘라 버릴 거니까 움직이지 말아요."

신혁돈은 천 뭉치를 문 채로 헛웃음을 흘린 뒤 벽에 기대 눈을 감았다.

그 모습을 확인한 이서윤의 메스가 서걱서걱거리는 소름 끼치는 소리와 함께 검은 기운이 붙어 있는 살점을 잘라내기 시작했다.

"하아… 하아……."

맨정신으로 수술을 받는 신혁돈은 땀 한 방울 흘리지 않고 있었으나 수술을 하고 있는 이서윤은 구슬땀을 질질 흘리고 있었다.

김민희가 그녀의 옆에 붙어 흘러내리는 땀을 닦아주지 않았다면 신혁돈의 상처는 이서윤의 땀으로 범벅이 되었을지도 모른다.

"끝났다……."

손톱만 한 살점을 잘라 꺼내는 것으로 수술을 마친 이서윤은 그대로 뒤로 쓰러졌고 신혁돈은 물고 있던 천 뭉치를 뱉어 내며 치유 마법진을 발동시켰다.

기다리고 있던 백종화의 언령 마법까지 더해지자 출혈은 곧바로 멈추었고 상처마저 빠른 속도로 아물기 시작했다.

"검은 기운이 상처의 치료까지 막는 모양입니다."

"에르그 에너지의 흐름을 아예 흩어버리더군."

백종화의 말에 대답해 준 신혁돈은 상처가 어느 정도 아물자 곧바로 일어섰다.

하지만 다리가 마음대로 움직여 주지 않았기에 그는 결국 '억' 하는 소리와 함께 휘청거리며 다시 앉을 수밖에 없었다.

"가끔 보면 저 양반도 우리랑 똑같은 인간이라니까."

"…가끔요?"

윤태수의 혼잣말에 헤르메스가 되물었지만 윤태수는 어깨를 으쓱일 뿐이었다. 윤태수는 대답 대신 벽에 난 구멍을 막고 서 있는 헤르메스의 분신들을 보며 말했다.

"그나저나 저 안에 세이비어가 있는 건 확실한 거지 말입니다? 우리가 뭐하고 있는지 뻔히 알고 있을 텐데 공격을 안 하네."

"그만큼 자신이 있다는 거 아니겠습니까?"

헤르메스와 윤태수의 말을 듣고 있던 홍서현이 한마디를 덧붙였다.

"아니면 저 안에서 나오지 못하는 걸 수도 있지 않나요."

그 순간.

모두의 시선이 홍서현에게로 집중되었다.

그들이 새로운 가설에 대해 이야기하는 도중 신혁돈은 자신의 몸에서 잘려 나온 손가락 두 마디 정도의 살들을 손바닥 위에 올린 뒤 바라보고 있었다.

그 모습을 보고 있던 이서윤이 찝찝하다는 표정으로 물었다.

"…그거 먹을 생각은 아니죠?"

"궁금하긴 하군."

"오, 맙소사. 제발."

거의 경련 수준으로 몸을 떤 이서윤은 휙 일어서서 길드원들을 향해 가버렸고 신혁돈은 자신의 손 위에 있던 살덩이들을 털어내 버렸다.

결전을 앞둔 지금. 괜히 변수를 만들 필요는 없으니까.

살점을 털어버린 신혁돈의 시선이 천장으로 향했다.

'지긋지긋하군.'

마왕과 마신들. 그들의 수하들을 상대할 시간도 모자라고 인력도 모자란 와중에 같은 인간들끼리 죽자고 싸워야 한다니.

이게 무슨 광대놀음이란 말인가.

인간과 인간이 치고받고 싸우면 웃는 쪽은 마신일 수밖에 없다.

어느 쪽이 이기든 사상자는 발생하게 마련이니까.

'멍청한 놈들.'

그 멍청한 놈들 때문에 목숨을 걸어가며 마왕과 싸우는 멀쩡한 각성자들이 죽어나가고 마신의 침공은 거세진다.

결국엔 모두 죽을지도 모르는 판국에 당장 제 밥그릇 챙기기에 급급한 모습이란.

'개 같은 새끼들.'

아예 몰랐다면 그냥 넘어갔겠지만 알게 된 이상 넘어갈 수 없다.

나라를 넘어서 인류 전체를 팔아먹으려 하는 놈들을 어떻게 가만둘 수 있단 말인가.

신혁돈은 눈을 꾹 감았다 뜨며 화를 내리눌렀다.

이번 세이비어만 정리한다면 당분간은 마왕과 손을 잡는 놈들이 나타나지 않을 것이다. 지구 최강의 무력 집단인 패러독스가 나서서 괴멸을 시켜버리는데 누가 머리를 내밀 수 있겠는가.

'그런 만큼 확실히 본보기를 보여야겠지.'

절대 자신의 허벅지에 구멍이 나고 생살을 잘라냈기 때문이 아니다.

그저 일벌백계를 보여 다른 이들이 마왕과 손을 잡는 일이 없길 바랄 뿐이다.

신혁돈은 허벅지에서 이는 고통을 이를 악무는 것으로 무시했다. 그리고 자리에서 일어서 길드원들에게 걸어가며 말했다.

"작전 구상하나?"

"예."

백종화는 지금까지 나온 것들에 대해 신혁돈에게 설명했고 신혁돈은 잠잠히 고개를 끄덕이며 들었다.

그리고 백종화의 설명이 끝났을 때 신혁돈이 그들의 어깨를 두들기며 말했다.

"지금 저 벽 안에 있는 놈은 아주 기고만장한 상태다. 우리에게 이렇게 시간을 주고 있는 것만 봐도 알 수 있지."

"그래서요?"

"간단하게 가지. 내가 세이비어를 잡는 동안 따로 있을지 모르는 괴물들의 시선을 끌어라."

그의 의견에 길드원들의 미간이 찌푸려졌다.

"무모하지 않습니까?"

"위험할 수도 있습니다."

신혁돈은 고개를 휘휘 저었다.

"그 전에 내가 끝내마."

그 순간 신혁돈의 눈에서 처음 보는 푸른 불꽃이 튀었고 길드원들은 하려던 말이 자연스레 목구멍 속으로 숨는 것을 느꼈다.

"…형님?"

"가자."

신혁돈의 온몸이 불꽃에 휩싸이자 절뚝거리던 그의 다리는 언제 다쳤냐는 듯 멀쩡히 걷기 시작했다.

그가 벽에 난 구멍을 통과한 순간, 길드원들은 멍한 눈으로 서로를 바라보다가 입술을 씹었고 윤태수가 제일 먼저 신혁돈의 뒤를 따랐다.

그리고 길드원들 전체가 구멍을 향해 몸을 던졌다.

＊　　　＊　　　＊

패러독스의 길드원들이 구멍으로 들어간 순간, 그들의 눈앞에서 새파란 불꽃이 치솟았다.

화아악!

마치 키메라를 잡을 때 활약하지 못했던 여한을 풀려는 듯, 천장에 닿을 만큼 거대하게 자라나 8미터는 될 법한 불의 거인이 그대로 전진했다.

"이런 미친……."

신혁돈의 기행을 바로 옆에서 겪던 길드원들이라지만 이번에는 놀라지 않고 배길 수가 없었다.

"저러니 자신감이 넘쳤지. 또 무슨 스킬을 얻은 거 같은데 저 양반."

윤태수가 어이가 없다는 듯 헛웃음을 흘렸고 헤르메스는

여전히 충격에서 헤어 나오지 못한 채 입을 쩍 벌리고 있었다.

돔 천장에 닿을 정도로 거대한 덩치가 걷고 있는데 발걸음 소리조차 들리지 않았다.

걷기 시작한 불의 거인은 네 개의 팔을 몇 번 털었고 그러자 그의 손에서 무기가 자라났다.

불로 휩싸인 거대한 검과 기다란 채찍, 그리고 그의 키만한 길이의 언월도를 쥔 불의 거인은 불에 싸인 짧은 숨결을 뱉은 뒤 더욱 빠른 속도로 걸음을 옮겼다.

신혁돈의 퍼포먼스 아닌 퍼포먼스 덕에 길드원들은 공간 내부를 살필 여유를 얻을 수 있었다.

"돔이다."

백종화의 말대로 거대한 돔이었다. 거대한 불덩이와 같은 신혁돈 덕에 꽤 넓은 시야가 확보된 상태에서도 끝이 보이지 않을 정도로 넓은 돔.

시야가 확보된 패러독스들은 신혁돈의 뒤를 달리기 시작했다.

"괴물이 없는데 말입니다."

제일 앞서 달리던 윤태수가 뒤를 보며 말하자 그의 뒤에서 달리고 있던 백종화가 고개를 저으며 말했다.

"에르그 에너지가 느껴진다. 정확히 3개. 보이지 않는 끝에 있어."

백종화의 말에 윤태수는 다시 전방을 바라보며 고개를 끄덕였고 길드원들 또한 무기를 쥔 손에 힘을 주며 전투를 준비했다.

돔은 상상 이상으로 넓었고 불의 거인이 된 신혁돈의 걸음으로 1분 이상을 달리고서야 에르그 에너지를 뿜어대던 괴물들의 외관이 눈에 들어왔다.

"사람 형태인데."

거무튀튀한 외관이 보이자 백종화는 걸음의 속도를 늦추며 빛 덩이를 쏘아 올렸고 그 덕에 패러독스의 길드원들은 괴물의 외형을 확인할 수 있었다.

"…컨커? 룰러?"

"맙소사. 살아 있다니?"

그 순간, 윤태수와 고준영의 말을 부정하듯 컨커와 룰러의 외형을 하고 있는 괴물들이 기성을 질렀다.

"크아아아아!"

돔 전체가 울릴 정도의 커다란 포효!

길드원들이 움찔한 순간, 불의 거인 또한 지지 않겠다는 듯 거대한 포효를 내질렀다.

"콰우우우!"

거인의 것인지 짐승의 것인지 모를 거대한 포효가 돔을 강타했다.

3미터 정도 되는 덩치의 룰러가 한 걸음 앞으로 나왔고 그와 동시의 그의 등이 갈라졌다.

"세이비어는 어디 있습니까?"

"에르그 에너지는 느껴지는데 보이진 않아. 이 공간 안에 있는 것은 확실하다."

백종화와 윤태수가 대화를 나누는 와중에도 룰러의 변신은 계속되었다. 갈라진 등에서는 키메라의 그것과 같은 팔들이 이리저리 튀어나왔고 팔들은 서로 연결되며 날개와 비슷한 형태를 이루었다.

"집중해!"

길드원들이 룰러의 변신에 정신이 팔린 사이, 컨커가 손에서 자라난 기다란 뼈를 검처럼 휘두르며 천장을 향해 점프했다.

최상의 컨디션을 유지하고 있는 윤태수가 컨커의 검을 받기 위해 같이 점프했고 그 뒤로 고준영이 그를 서포트하기 위해 달려 나갔다.

헤르메스 또한 그들을 돕기 위해 땅을 박차려는 순간, 백종화가 그의 어깨를 쥐며 말했다.

"세이비어의 위치를 찾아주십시오."

"예?"

"아까 혁돈 형님이 말하셨던 거 기억 안 나십니까? 어차피 저들은 세이비어의 하수인들. 세이비어를 잡으면 굳이 불필요한 싸움을 하지 않더라도 끝낼 수 있습니다!"

그의 말을 들은 헤르메스는 천천히 고개를 끄덕이고선 한 걸음 뒤로 물러섰다. 그러자 메이지 계열의 능력자들이 컨커를 견제하기 시작했다.

뒤로 물러선 헤르메스는 곧바로 에르그 에너지를 모아 분신을 생성하기 시작했고 순식간에 백 명에 이르는 분신이 나타났다.

헤르메스는 곧바로 분신들을 조종해 돔 전체를 샅샅이 뒤지기 시작했고, 그사이 윤태수와 컨커의 검이 허공에서 맞부딪혔다.

콰앙!

뼈로 만들어진 검과 쇠로 된 검이 부딪히자 마치 포탄이 터지는 듯한 굉음이 터져 나오며 충격파가 돔을 휩쓸었다.

'어라?'

모든 힘을 다해 일격을 나눈 윤태수는 손에 느껴지는 충격에 의아한 표정을 지었다.

전이었다면 손아귀가 찢어질 정도의 충격을 받고서 바로 수세에 몰렸을 것이다. 한데 지금은 다르다.

'심장을 지키는 자 때문인가?'

에르그 에너지의 총량은 같았으나 사용하는 데 있어 효율이 올라간 느낌이었다. 에르그 에너지가 흐르는 관이 확장된 느낌!

윤태수는 자신의 목을 노리고 찔러 들어오는 컨커의 검을 보며 잡념을 털어버린 뒤 그의 검을 쳐냈다.

그 순간, 컨커의 뒤를 잡은 고준영이 그의 오금을 노리고 검을 휘둘렀다.

어차피 한 번의 공격으로 처치할 수 없음을 알고 있었기에 차근차근 상처를 입히려는 수작이었다.

푸화악!

카앙!

"미친!"

고준영의 검날이 컨커의 오금을 가르기 직전. 룰러의 그것처럼 컨커의 등에서 검을 든 손이 피부를 찢고 나와 고준영의 검을 막아냈다.

예상치 못한 반격에 고준영이 중심을 잃었고 등에서 나온 제3의 손이 고준영의 목을 노린 순간.

카앙! 카앙!

순식간에 휘둘러진 두 번의 공격이 허공에서 가로막혔다.

어느새 달려온 한연수와 민강태가 검을 휘둘러 컨커의 공격을 막아낸 뒤 역공을 이어갔고 그사이 중심을 잡은 고준영은 두 걸음 물러서며 기회를 보았다.

그 순간.

퍼어어엉!

그들의 머리 위에서 엄청난 폭발음이 들림과 동시에 화염의 비가 쏟아졌다.

"까아아악!"

어느새 본체로 돌아간 도시락이 하늘을 날며 룰러를 괴롭히고 있었다. 그 아래선 신혁돈이 불의 채찍과 언월도를 휘두르며 자신보다 훨씬 작은 룰러의 목숨을 노렸다.

"Sutr ferr sunnan með sviga læ vi: skinn af sverði sʔ valtiva!"

그와 동시에 신혁돈, 아니 수르트의 입에서 진군가가 흘러나왔고 패러독스는 정신을 차리며 자신이 맡고 있는 적의 목숨을 취하기 위해 검을 휘둘렀다.

신혁돈의 덩치가 8미터에 이를 만큼 커진 덕에 그가 들고 있는 무기 또한 상상을 초월할 정도로 거대해졌고 그 여파는 돔의 벽에 나타났다.

카가가가각!

수르트가 가진 네 개의 팔은 어마어마한 길이의 채찍과 언월도, 그리고 검을 휘둘렀고 그에 맞서는 룰러는 벽과 함께 양단되지 않기 위해 계속해서 몸을 날리며 공격을 피했다.

그의 등에 돋아난 손의 날개는 장식이 아닌지 하늘을 날기도 했지만 하늘을 지배하고 있는 도시락 때문에 제대로 날지도 못하고 떨어지고 있었다.

"크아아!"

그렇다고 땅에서 제대로 된 활약을 할 수 있는 것도 아니었다. 좀 멀리 떨어졌다 싶으면 언월도가 귀신같이 날아들었고 그렇다고 안으로 파고들자니 검과 채찍이 룰러의 몸을 난도질했다.

전황을 살피며 윤태수와 세 떨거지를 서포팅하던 백종화는 신혁돈의 움직임을 보며 승리를 직감했다.

'한데 세이비어는 어디에 있는 거지.'

헤르메스의 분신들이 돔 전체를 탐색하며 돌아다니고 있었지만 어디에도 세이비어는 보이지 않았다.

분명 세 개의 기운이 느껴지는데, 둘만 보일 뿐 하나가 보이지 않으니 답답한 감정을 넘어서 불안함이 들었다.

'무언가를 준비하고 있는 것이 분명하다.'

백종화는 흙의 거인을 조종하고 있는 안지혜와 아엘로의 창으로 컨커를 괴롭히고 있는 김민희에게 다가가 말했다.

"잠깐 부탁해."

그러고는 헤르메스에게 다가가 물었다.

"아무것도 없습니까?"

"예. 통로도 하나뿐이고 따로 느껴지는 반응도 없어요. 어디에 숨은 건지……."

그 또한 막연한 불안감을 느끼고 있는지 미간에 주름이 져 있는 상태였다. 백종화는 헤르메스의 분신들을 한번 살핀 뒤 말했다.

"최대한 빨리 찾아야 합니다."

백종화 또한 헤르메스의 옆에 서서 에르그 에너지를 모아 탐색을 시작했다.

그 순간.

서걱!

화르르륵!

"크아아아악!"

어떻게든 버티고 있던 룰러의 오른 어깨가 잘려 나갔고 그와 동시에 몸이 불타올랐다.

룰러가 고통을 참지 못하고 비명을 지른 순간, 신혁돈의 채찍이 룰러의 목을 쥐었고 돔을 울리던 처절한 비명조차 멎었다.

룰러는 어떻게든 살아남기 위해 자신의 손이 타들어가는 것조차 불사하고 채찍을 뜯어내려 했으나 하나 남은 손으로는 채찍을 뜯어내는 데 무리가 있었다.

룰러의 눈에 절망이 서린 순간!

서걱!

신혁돈의 언월도가 그의 목을 양단했다. 그는 목을 날리는 것으로 멈추지 않고 채찍과 언월도, 그리고 검을 이용해 룰러의 몸을 난자했다.

거대했던 룰러의 몸이 원래의 형체를 알아볼 수 없을 정도의 상태가 되기까지는 1분이 채 걸리지 않았다.

룰러를 완벽히 죽인 불의 거인은 채찍을 마치 손처럼 움직여 그의 심장을 통째로 씹어 삼켰다.

심장을 씹어 삼킨 신혁돈의 시선이 컨커에게로 향한 순간.

그를 둘러싸고 있던 패러독스들이 뒤로 물러서며 신혁돈이 들이닥칠 공간을 만들어주었다. 컨커 또한 바뀐 분위기를 눈치챘고 그와 동시에 하늘로 치솟았다.

하늘을 날며 기회를 노리고 있던 도시락이 그것을 놓칠 리 없었다. 도시락이 컨커를 낚아채려는 순간 컨커는 도시락의 부리를 아슬아슬하게 지나치며 천장을 향해 주먹을 내질렀다.

"…무슨?"

콰릉!

천장에 부딪치며 떨어져 내릴 것이라 생각했던 것과는 달리 컨커는 그대로 천장을 뚫고 들어갔다.

모든 길드원들이 어안이 벙벙한 상태로 천장에 난 구멍을 바라보고 있을 때, 불의 거인이 채찍을 크게 휘둘러 컨커가 빨려 들어간 천장의 구멍을 후려쳤다.

콰아앙!

그 순간, 천장이 무너져 내리며 엄청난 양의 돌덩어리들이 떨어져 내렸고 그와 동시에 드러난 공간은 모든 길드원의 눈을 의심하게 만들었다.

"저게 뭐야……."

"차원문같이 생겼는데?"

불의 거인은 시야 확보가 잘 되지 않자 마치 성난 소처럼 채찍을 휘둘러 시야를 가로막는 천장을 전부 부숴 버렸고 결국에 천장 위에 숨겨져 있던 공간이 완벽히 드러나게 되었다.

"차원 관문 비슷하게 생겼는데."

"뭐 저렇게 많아."

얼핏 봐도 스무 개는 되어 보이는 차원문이 이리저리 열려 있었다. 차원문의 색은 흰색으로 통일이 되어 있었는데 크기는 천차만별이었다.

불의 거인 상태인 신혁돈이 통째로 들어갈 수 있을 정도로 커다란 차원문도 있었고 사람 한 명이 간신히 통과할 수 있을 것 같은 차원문도 있었다.

천장을 부수고 들어간 컨커는 차원문을 통해 도망을 친 것인지 모습이 보이지 않았다.

"이래서 못 찾았던 건가."

차원문을 본 백종화는 짧게 한숨을 뱉으며 헤르메스를 바라보았고 헤르메스는 모든 분신을 해체시킨 뒤 하늘을 올려다보았다.

모든 길드원들의 시선이 천장으로 향했을 때, 신혁돈은 강신을 끝낸 뒤 본연의 모습으로 돌아와 길드원들에게 걸어왔다.

"도시락을 타고 차원문으로 진입한다. 준비해."

신혁돈의 말에 대답한 길드원들이 도시락을 기다리는 와중, 헤르메스는 계속해서 차원문을 바라보고 있었다.

그의 옆에 서 있던 백종화가 헤르메스를 부르려는 순간, 헤르메스가 미간을 찌푸리며 말했다.

"뭔가 나옵니다."

*　　　　　*　　　　　*

그의 말에 도시락에 오르고 있던 길드원들의 시선이 전부 천장으로 향했고 그곳에서 튀어나오는 것을 발견했다.

제일 먼저 보인 것은 가장 거대한 차원 관문을 뚫고 나오는 괴물의 머리였다.

새하얀 눈으로 빽빽이 채워진 큰 머리, 그리고 그 뒤로 이어진 기다란 몸체는 신화에 나오는 동양의 용을 연상시켰다.

"엘 파타."

"예?"

"엘 파타. 간단히 말해 나는 뱀이다."

뱀이라기보단 용에 가까운 크기였지만 그게 중요한 것이 아니었다.

거의 5미터에 달하는 몸이 차원문 밖으로 나와 돔으로 내려오고 있었으나 엘 파타의 몸은 끝이 보이지 않았다.

그와 동시에 다른 차원문에서도 수많은 엘 파타들이 튀어나오고 있었나.

하얀색 매끈한 비늘에 달려 있는 짧은 다리, 그리고 그들이 숨 쉴 때마다 흘러나오는 냉기와 새하얀 눈은 길드원들을 주눅 들게 만들기 충분했다.

한데 신혁돈은 미소를 짓고 있었다.

크고 작은 엘 파타의 수가 늘면 늘수록 신혁돈 입가에 걸린 미소는 더욱 짙어졌고 엘 파타의 수가 수백에 달했을 때 신혁돈은 대놓고 웃음을 터뜨렸다.

'미친 건가?'

그런 생각이 들 수밖에 없는 상황.

윤태수는 머릿속을 차지하는 의문을 덮어놓고선 신혁돈에게 물었다.

"왜 그렇게 웃으십니까?"

"엘 파타. 환상 속의 괴물이다."

"예?"

"환상 속의 괴물이라고."

그의 말뜻을 이해하지 못한 윤태수는 고개를 들어 엘 파타 무리를 바라보았고 그들과 눈을 마주친 순간, 공포를 느꼈다.

그와 동시에 차원 관문에서 수많은 엘 파타들이 더 튀어나오며 돔의 천장 전체를 가득 메웠다.

그뿐만 아니라 가장 거대한 엘 파타는 더욱더 덩치를 키우며 안개와 같은 입김을 뿜어대고 있었다.

그들의 등장만으로 돔의 온도가 내려가는 느낌.

"세이비어. 머리 좀 썼군."

여전히 웃음기가 가득한 신혁돈의 목소리에 길드원들은 혼란을 느꼈다.

"무슨 말씀이십니까?"

"방금 말했잖아. 엘 파타 저건 상상의 괴물이라고. 내 눈으로 엘 파타를 보는 날이 올 줄은 몰랐군. 잘 봐둬. 일생에 한 번 보기 힘든 아름다운 괴물이니까."

그의 말에 윤태수는 생각하는 것을 포기했다.

아름답긴 했다.

엘 파타의 기다란 몸뚱어리는 꿈틀거릴 때마다 백종화가 소환한 빛을 반사했고, 이에 반짝거리는 비늘이 마치 보석처럼 보였으니까.

게다가 그들이 뿜는 냉기는 안개같이 퍼지며 신비한 분위기를 더했다.

적으로 만나지만 않았다면, 단순히 관람할 수 있는 입장이었다면 기립 박수라도 쳤을 법한 느낌.

윤태수가 포기하자 답답함을 참지 못한 헤르메스가 신혁돈의 옆에 서며 말했다.

"세내로 좀 설녕해 봐. 답답해 죽겠다."

그의 말에 신혁돈은 씩 웃으면서 가장 거대한 엘 파타를 가리키며 말했다.

"작아져라."

그 순간.

그의 말이 언령이라도 되는 듯 거대한 엘 파타의 몸이 줄어들기 시작했다.

그것으로 모자랐는지 신혁돈은 허공에 원을 그리며 '사라져라' 하고 말했고 그러자 그 안에 있던 모든 엘 파타들이 사라져 버렸다.

"간단히 말하지. 엘 파타는 상상력을 먹고 사는 괴물이다. 인간 혹은 괴물의 상상력을 기반으로 거대해지고 강해지지. 즉, 그들을 무서워하지 않는 순간 엘 파타는 우리에게 아무런 피해도 끼칠 수 없어. 물론 반대라면 지옥을 경험하지만."

"무슨 말이야 그게."

말을 마친 신혁돈은 길드원들이 이해를 하든 못 하든 세뿔 가시벌레의 몬스터 폼을 발동시킨 뒤 하늘로 날아올랐다.

그의 갑작스러운 행동에 놀란 도시락이 까악거리며 비명을 질렀고 그와 동시에 신혁돈이 줄여놓았던 엘 파타들의 덩치가 다시금 커졌다.

"맙소사……."

"진짠가?"

새하얀 눈으로 가득 찬 대가리, 길고 하얀 몸체, 쉼 없이 내뿜는 냉기, 그리고 거대한 몸체의 조합은 두려워하지 않기에 힘든 모양새였다.

하지만 신혁돈은 그 사이를 유유히 비행하고 있었다.

어떤 엘 파타는 그의 손에 얼굴을 비비는 기이한 행동까지 보였고 신혁돈은 그들 사이를 누비며 무언가를 찾기 시작했다.

"만약 저게 엘 파타인 걸 몰랐다면… 우린 여기서 죽었겠는데요."

"그러게. 저게 다 몇 마리야."

헤르메스와 윤태수의 말에 백종화가 답했다.

"형님은 엘 파타를 계속 단수로 말했었어. 저게 다 한 마리가 만들어낸, 아니 우리의 상상력이 만들어낸 것일 수도 있지."

그의 말이 맞다는 것을 증명하듯 신혁돈이 엘 파타의 곁을 지날 때마다 한 마리씩 흔적도 없이 사라졌다.

신혁돈은 냉기에 둘러싸여 있었지만 아주 평온한 표정으로 하늘을 날았고 곧 한 마리의 엘 파타에 시선을 고정시켰다.

3미터가 조금 넘는 엘 파타의 머리 위에 새하얀 덩어리 하나가 놓여 있었고 그것을 발견한 신혁돈은 곧바로 날아들며 소리쳤다.

"세이비어!"

신혁돈이 날아든 순간.

"캬아아아!"

모든 엘 파타들이 포효하며 사방으로 냉기를 뿜었다.

천장에서 제법 떨어진 위치에 있는 길드원들이 떨어진 온도를 피부로 느낄 정도의 어마어마한 냉기가 몰아쳤다.

하지만 신혁돈은 냉기의 영향을 전혀 받지 않는다는 듯 세이비어의 머리 위로 떨어져 내렸다.

그 순간.

"이놈!"

흰 덩어리로 보였던 세이비어가 걸치고 있던 새하얀 로브를 던져 버리며 모습을 드러냈다.

그간 보아왔던 호루스의 멤버들과는 다른, 평범한 인상의 중년 사내는 엘 파타의 색과 같은 흰색 갑옷을 입고 있었으며 한 손에는 지팡이를 들고 있었다.

"죽어라!"

신혁돈의 손에서 피어난 수르트의 불꽃이 그에게 닿기 직전 세이비어의 지팡이에서 거대한 벼락의 폭풍이 몰아쳤다.

콰과과광!

벼락의 폭풍이 신혁돈의 몸을 휘감은 순간.

그의 몸에서 새파란 불꽃이 피어오르며 벼락을 막아냄과 동시에 엘 파타의 머리 위로 떨어져 내렸다.

신혁돈은 그와 동시에 세이비어를 향해 수르트의 불꽃으로 만든 워해머를 휘둘렀다.

벼락과 푸른 불꽃에 휩싸인 워해머가 세이비어의 머리를 향해 내리꽂힌 순간.

빠직!

콰앙!

세이비어의 몸이 폭발하듯 전기를 뿜어내며 사라졌고 신혁돈의 위해머는 애꿎은 엘 파타의 등을 강타했다.

"캬아아아악!"

위해머에 직격당한 엘 파타는 단말마와 함께 냉기로 화해 사라졌고 그 순간 신혁돈은 다시 날개를 펼치며 날아올랐다.

'어디냐.'

신혁돈의 눈이 엘 파타들의 등을 빠르게 훑은 순간.

콰과광!

그의 머리 위에서 우레와 같은 번개가 떨어져 내렸다.

쫘광!

"크윽!"

세상이 뒤집히는 듯한 충격과 함께 번개에 적중당한 신혁돈의 겹날개가 타올랐고 그와 동시에 신혁돈이 추락하기 시작했다.

아직 엘 파타에 대한 두려움을 완전히 없애지 못해 전투에 참가하지 못하고 있던 길드원들은 곧바로 신혁돈이 떨어지는 곳을 향해 달려갔다.

하지만.

콰과과광!

파지직!

그들과 신혁돈 사이에 거대한 전류의 벽이 생성되어 그들을 막아냈다.

그와 동시에 패러독스의 머리 위에 있던 수많은 엘 파타들이 패러독스를 향해 냉기를 뿜으며 돌진하기 시작했다.

"젠장."

전류의 벽에 가로막힌 백종화는 곧바로 언령을 발휘하며 벽을 향해 손을 뻗었다.

"사라져라!"

그의 몸에서 흘러나온 에르그 에너지가 휘몰아치며 전류의 벽을 강타했지만 잠시 옅어지게만 할 뿐 전류를 흩어버리진 못했다.

그 순간.

추락하는 신혁돈의 머리 위가 번쩍인다 싶더니 세이비어가 나타났다.

그가 지팡이를 높게 들자 지팡이는 마치 올림푸스의 신 제우스가 다룬다는 번개의 창과 같은 모습을 했고, 창이 완성된 순간.

신혁돈의 가슴을 향해 찔러 들어갔다.

"안 돼!"

소리치는 것 외에는 아무것도 할 수 없는 무력감.

신혁돈은 곧바로 수르트의 불꽃을 만들어내고 하늘거북의 힘을 다루며 그의 창을 피하려 했지만 위치가 너무나 좋지 않왔다.

'몸으로 받는다!'

신혁돈은 워해머를 휘둘러 그의 공격이 적중할 수 있는 범위를 최소한으로 만들며 몸을 틀었고 그와 동시에 번개의 창이 신혁돈의 옆구리에 꽂혔다.

푸욱!

파지지직!

"크아아악!"

신혁돈의 입에서 비명이 터져 나오며 그의 눈이 새파랗게 물들었다. 마치 눈에서 불꽃이 타오르는 듯한 모양새.

세이비어는 굴하지 않고 번개의 창을 다시 뽑아 든 뒤 이번엔 심장을 노리고 창을 내질렀다.

그 순간.

화륵!

신혁돈의 몸에서 푸른 불꽃이 폭발하며 세이비어의 몸을 밀어냈고 세이비어는 폭발에 의해 밀려나는 와중에도 신혁돈의 몸을 향해 번개의 창을 내던졌다.

콰르릉!

신혁돈과 세이비어의 싸움을 바라보고 있던 길드원들은 이를 악물고 돌아설 수밖에 없었다.

그들의 머리 위로 수백이 넘는 엘 파타들이 내려오고 있었기 때문이었다.

"이쪽에 집중한다."

이제 패러독스가 할 수 있는 것은 신혁돈이 승리하길 바라며 자신들의 전투에서 승리하는 것이었다.

빠르게 전황을 살핀 백종화가 소리쳤다.

"두려워하지 마라! 그리고 상상해. 저것들은 우리를 해치지 않아."

그 순간.

엘 파타의 입에서 새하얀 냉기의 폭풍이 몰아쳐 패러독스 길드원들의 머리 위로 쏟아져 내렸다.

꽈르르릉!

엄청난 힘을 담은 번개의 창이 신혁돈의 귀 옆을 스치고 지나갔다.

신혁돈은 고막이 터진 것 같은 충격과 전류가 혈관 속을 타고 돌아다니며 몸 전체를 태워 버리는 것 같은 고통을 느끼면서도 몸의 중심을 잡았다.

이대로 바닥에 처박힌다면 그 즉시 죽고 만다.

"헉… 헉……."

전류의 탓인지 모이지 않는 에르그 에너지를 간신히 모아낸 신혁돈은 하늘거북의 힘을 발동시키며 허공으로 날아올랐다.

그와 동시에 신혁돈보다 조금 높은 곳으로 세이비어가 떠오르며 손을 뻗었고 그를 스쳐 지나간 번개의 창이 세이비어의 손으로 돌아왔다.

'아직 기회는 있다.'

세이비어는 상대가 상처를 입은 데다 힘 또한 자신이 우위에 있다 생각하는지 입가에 미소를 걸고 있었다.

그는 아직 몰랐다. 신혁돈이 얼마나 많은 스킬을 가지고 있는지를.

'눈속임으로 단 한 번을 노린다.'

아이가투스의 눈속임 망토에 달려 있는 스킬로서 1초 남짓한 시간 동안 상대의 시야를 차단하는 스킬.

괴물이라면 눈이 멀더라도 본능적으로 반응하겠지만 상대는 인간.

게다가 많은 전투를 치러보지 않은, 힘으로 밀어붙이는 스타일의 전투 방식을 보이고 있다.

'가능해.'

신혁돈이 마음속으로 되새긴 순간.

"이제 죽어라!"

세이비어가 한 줄기 벼락이 된 것처럼 신혁돈을 향해 떨어져 내렸다.

'한 번 더!'

신혁돈은 모든 능력을 발동해 번개의 창을 피해냈고 세이비어는 신혁돈을 지나쳐 날아가 그의 뒤에 멈췄다. 그러자 신혁돈은 세이비어의 움직임을 따라 뒤로 돌며.

"눈속임."

스킬을 발동시켰다.

곧바로 신혁돈에게 달려들려던 세이비어는 눈앞이 보이지 않자 곧바로 온몸에서 전류를 뿜어내며 몸을 웅크렸다.

엄청난 전류의 폭풍!

그사이 신혁돈은 움직이지 않았다.

대신 전류의 폭풍 사거리 끝자락에 서서 세이비어의 눈을 노려보고 있었다.

그리고 세이비어가 눈을 깜빡이며 다시 세상을 눈에 담은 순간.

아직까지도 몰아치고 있는 전류의 폭풍 속으로 신혁돈이 몸을 던졌다.

신혁돈은 몸으로 그의 공격을 받아냄과 동시에 세이비어의 목을 틀어쥐었고 두 사람의 시선이 허공에서 맞부딪쳤다.

"컥!"

세이비어는 이동하기 위해 마왕의 힘을 끌어모았지만 신혁돈의 대처가 한발 빨랐다.

화르륵!

그가 번개로 변하기 직전, 신혁돈의 새파란 불꽃이 그의 전신을 휘감았고 세이비어는 이동을 위해 모아놓은 마왕의 힘이 흩어지는 것을 느끼며 그대로 쓰러졌다.

"끄아아악!"

그가 입고 있던 순백의 갑옷이 푸른 불꽃에 의해 녹아들어 피부에 눌어붙었으며 그의 피부 또한 녹아내리기 시작했다.

그럼에도 신혁돈은 그의 목을 쥔 손을 놓지 않았다. 그러자 세이비어는 고통에 찬 비명 대신 소리를 질렀다.

"왜! 왜! 왜 나를 막는 건가! 세상을 구원하겠다는데! 누구도 하지 않는 일을 내가 나서서 하겠다는데 어째서!"

"누가 너에게 구원해 달라고 한 적 있나?"

"모두가! 세상의 모두가 소리쳤지! 이 썩은 세상에서 자신의 영혼을 구제해 달라고 말이야!"

그의 목소리는 고통에 찬 비명과 다를 게 없어졌지만 신혁돈은 평소와 다르지 않은 말투로 그에게 답했다.

"인류를 모두 죽이려는 마신의 힘을 받아서, 네가 그들의 머리 위에 군림한 뒤 말이지."

"그게 뭐가 잘못되었다는 건가! 새로운 세상에서 새로운 삶을 만들어주겠다는데!"

"잘못된 것이 아니다. 그저, 너와 나의 방식이 다를 뿐이다."

말을 마친 순간, 세이비어의 목을 쥐고 있던 신혁돈은 손을 움켜쥐었고 그와 동시에 구원자라 불리던 사내의 목이 꺾이며 무너졌다.

그의 죽음을 확인한 신혁돈은 손에 더러운 것이 묻었다는 듯 가볍게 털었고 세이비어의 몸은 형편없이 쓰러졌다.

신혁돈은 그의 얼굴을 바라보며 중얼거렸다.

"구원이라……."

제5장

내 그럴 줄 알았어!

신혁돈이 세이비어를 마무리 지을 무렵, 길드원들 또한 엘 파타를 상대하는 법을 숙지한 뒤 모든 엘 파타들을 정리해 낼 수 있었다.

　백종화가 유추한 대로 엘 파타는 단 한 마리뿐이었고 나머지는 전부 허상이었기에 기대하는 것만큼 많은 에르그 코어가 나오진 않았다.

　대신, 그만큼 훌륭한 보상이 나왔다.

엘 파타의 환영 로브 [Unique]

—방어력 50

—하루 한 번 '엘 파타의 환영'을 사용할 수 있습니다.

—'엘 파타의 환영'

사용자의 상상력을 현실에 구현시킵니다.

사용자의 상상력, 그리고 상대가 느끼는 감정에 따라 엘 파타의 환영은 한없이 강해질 수도, 한없이 약해질 수도 있습니다.

방어력도 낮은 데다 스킬도 단 하나밖에 없는 로브였지만, 엘 파타를 상대해 본 길드원들의 눈에는 에픽 아이템 이상의 효율을 가진 아이템으로 보였다.

"이건 일단 보류해 두겠습니다."

지금 당장 주인을 정하기보다는 일단 이 공간을 벗어나는 것이 우선이었기에 윤태수가 로브를 챙긴 뒤 신혁돈에게로 걸어갔다.

그들이 다가오는 사이, 신혁돈은 세이비어의 에르그 기관을 흡수하고 시체를 들어 도시락에게 던져주었다.

그 순간, 메시지가 떠올랐다.

[세이비어의 영혼을 흡수하셨습니다.]

[세이비어의 영혼이 오즈의 영혼을 집어삼켰습니다.]

[보유한 영혼의 수 : 1]

그간 고생한 것을 생각하면 에픽 아이템 한두 개쯤은 나와야 수지가 맞는데 괴물이 아닌 인간이었기에 따로 등장하는 보상은 없었고 얻은 것은 영혼뿐이었다.

신혁돈이 짧게 혀를 찬 순간.

[계약자여.]

그의 머릿속으로 굵고 강직한 목소리가 흘러 들어왔다. 신혁돈을 계약자라고 부를 수 있는 존재는 단 하나뿐이다.

'수르트?'

[그렇다.]

수르트가 말을 걸다니.

제일 처음 수르트를 현신시켜 전투를 벌였을 때 '알겠다' 하고 대답을 한 적은 있었지만 신혁돈에게 직접적으로 말을 건 것은 처음이었다.

신혁돈은 흥미로운 표정으로 팔짱을 끼었고 수르트는 말을 이었다.

[계약자가 얻은 그 힘. 나에게 다오.]

힘이라면 세이비어의 영혼을 말하는 것이다.

'그럼 내가 얻는 것은?'

[새로운 엘드요툰의 힘을 주겠다.]

'엘드요툰이 뭐지?'

[나의 자식. 불꽃의 자식들. 모든 불의 거인.]

신혁돈의 입이 살짝 벌어졌다. 문지기라 불리는 수르트만 하더라도 대적할 자가 없는데 모든 불의 거인이라니.

하지만 신혁돈은 티를 내지 않은 채 다시 물었다.

'그렇다면 새로운 힘이라는 건?'

[계약자가 얻은 그 힘과 엘드요툰이 합쳐진다면 그 누구도 범접할 수 없는 거대한 새로움이 탄생하게 될지니, 그것의 영광을 계약자에게 양보하겠다는 뜻이다.]

분명 한글로 말을 하고 있는데 무슨 뜻인지 쉽사리 이해를 할 수 없었다. 신혁돈은 살짝 미간을 구기며 답했다.

'잠깐 시간을 다오.'

[어차피 그 힘은 계약자의 것이며 당장 감당할 수 없는 힘. 계약자의 뜻대로 하거라.]

그와 동시에 머릿속 한구석을 차지하고 있던 알 수 없는 기운이 씻은 듯 사라졌다. 신혁돈은 기묘한 느낌이 드는 머리를 톡톡 건든 후 말했다.

"홍서현."

뒤쪽에서 걸어오고 있던 홍서현은 갑자기 자신의 이름이 불리자 의아한 표정을 하고선 종종걸음으로 신혁돈에게 다가오며 물었다.

"왜?"

"수르트가 나에게 새로운 엘드요툰의 힘을 준다고 하는데, 이게 무슨 뜻이지?"

갑작스러운 질문에 홍서현의 얼굴에 의문이 떠올랐다.

"엘드요툰? 북유럽 아스가르드 신화에 나오는 불의 거인들을 말하는 거 같은데. 새로운 힘이라… 그것까진 모르겠어."

신혁돈은 아쉽다는 듯 짧게 혀를 찬 뒤 말했다.

"그것에 대해 알아봐 줄 수 있나?"

"지구로 돌려보내 주기만 한다면 얼마든지 알아봐 줄 수 있지."

두 사람이 대화하는 사이, 헤르메스의 시선은 도시락에게로 향해 있었다.

도시락은 쇳덩이가 엉겨 붙어 있는 시체임에도 '불구하고 맛있게 먹었고 그 모습을 본 헤르메스는 미간을 구기며 물었다.

"저거… 사람도 먹습니까?"

"당신 눈에는 저게 사람으로 보이십니까?"

백종화의 대답에 꿀 먹은 벙어리가 된 헤르메스는 콧잔등을 긁으며 신혁돈에게로 걸어갔다.

"그럼 돌아가지."

신혁돈이 지구로 통하는 차원 관문을 열기 위해 에르그

에너지를 모으는 순간, 그의 감각에 이상한 것이 캐치되었다.

신혁돈은 에르그 에너지를 모으던 것을 멈추고 주변을 둘러보았고 안심한 표정으로 차원 관문이 열리길 기다리던 길드원들의 얼굴 또한 덩달아 굳었다.

신혁돈의 얼굴은 굳었다기보다는 '의외다'라는 얼굴이었고 그의 얼굴을 본 윤태수가 물었다.

"무슨… 일이십니까?"

"잠깐."

말을 마친 신혁돈은 눈을 감고서 영혼 포식으로 흡수했던 세이비어의 기억을 훑기 시작했다.

원래는 지금이 아닌 소금 더 여유로울 때 확실히 살피려 했지만 지금 상황을 파악하기 위해서는 어쩔 수 없었다.

잠시 후, 눈을 뜬 신혁돈이 말했다.

"그랬군."

"예?"

"마왕의 힘을 받는 세이비어라 한들 혼자 힘으로는 이만큼 거대한 차원을 유지하기 힘들었을 거야."

"예. 전에 말씀하시지 않으셨습니까?"

"그래. 그는 자신의 힘으로 유지한 게 아니라 마왕의 힘을 담은 차원석을 이용했어."

신혁돈의 감각에 캐치된 것이 바로 차원석의 존재였다.

말을 마친 신혁돈은 옆에 있는 벽으로 다가가 수르트의 불꽃을 불러낸 뒤 벽을 잘라냈다.

그러자 빈 공간이 드러났고 그 안에 있는 차원석이 모습을 드러냈다.

"오……."

지금까지 본 적 없던 거대한 차원석이 새하얀 빛을 발하고 있었다. 적당한 보상이 없어 아쉬워하고 있던 차 그것을 본 길드원들의 눈에 이채가 돌았다.

신혁돈 또한 입가에 미소를 띠운 채 공간으로 들어가 차원석을 때려 부수었다.

쾅! 쾅! 쾅!

"고등급의 차원석이군."

수르트의 불꽃을 휘감고 있는 신혁돈의 공격에도 금만 갈 뿐 쉽사리 부서지지 않는 것을 보고 있던 길드원들이 마른 침을 삼켰다.

저 정도의 차원석이라면 에픽 아이템을 줄지도 모른다는 기대감이 생겨났고 곧 차원석이 깨진 순간.

파사삭.

네 개의 에르그 코어가 차원석의 조각 위로 떠올랐다.

"이거지."

"그래. 그거지 말입니다."

신혁돈은 곧바로 에르그 코어에 손을 얹었고 그의 뒤에 있던 백종화와 윤태수 또한 에르그 코어를 확인했다.

"네 개 다 아이템입니다."

"두 개의 갑옷과 검, 그리고 지팡이라."

윤태수와 백종화가 말하자 나머지 아이템 두 개를 확인한 신혁돈이 말했다.

"검과 갑옷은 유니크다."

"저도 유니큽니다."

"저도."

네 개 모두 유니크로 판별 나자 길드원들은 아쉽다는 듯 입맛을 다셨지만 그 광경을 보고 있던 헤르메스는 어이가 없다는 듯 헛웃음을 지었다.

지금 지구 전체에 퍼져 있는 유니크 아이템의 개수를 다 합쳐도 100개가 되지 않는다.

개중에서도 패러독스 길드원들이 보유한 정도의 고등급 유니크 아이템은 10% 내외의 아이템들이고.

그런 와중, 4개의 유니크 아이템을 더 얻었음에도 아쉬워하는 모습이란.

헤르메스가 어이가 없어 하는 사이 신혁돈이 아이템의 효과를 하나하나 확인했고 곧 길드원들에게 말했다.

"아이템 분배는 돌아가서 하지."

"예."

호루스의 눈을 사냥하며 얻은 아이템들도 있었기에 한 번에 분배하기로 결정한 신혁돈은 곧바로 차원 관문을 열었고 길드원들은 꿈에 그리던 지구로 돌아올 수 있었다.

*　　　*　　　*

패러독스가 지구로 돌아왔을 때, 저택과 숲은 온데간데없이 사라져 있었고 대신 그들을 둘러싸고 있는 것은 미군과 아이기스의 마스터 조훈현이었다.

미군들의 총구가 자신들에게 향하지 않고 있음을 확인한 길드원들은 안도의 한숨을 내쉬었고 그 사이로 걸어 나오는 조훈현을 보고선 미소를 지었다.

"돌아오신 걸 보니 잘 해결된 모양입니다."

조훈현이 신혁돈에게 다가오며 악수를 건넸고 신혁돈은 그의 손을 쥐며 답했다.

"예. 세이비어는 죽었습니다."

그의 말에 조훈현이 고개를 끄덕이며 미소를 지어주었고 그의 뒤에 있던 간수호가 영어로 미군들에게 설명을 하기 시작했다.

그사이 두 사람에게로 다가온 윤태수가 물었다.

"무슨 일인데 미군까지 와 있는 겁니까?"

윤태수의 물음에 조훈현은 어색한 미소를 지으며 뒤통수를 긁적였고 그의 얼굴을 본 윤태수의 미간이 굳었다.

"설마… 또 해야 할 일이 있다거나 하는 그런 건 아니길 바랍니다."

"죄송합니다."

조훈현은 고개 숙여 사과했고 그의 반응을 본 패러독스의 길드원들이 깊은 한숨을 내쉬었다.

"무슨 일인지 들어나 봅시다."

"그… 올마이티와 함께 진행했던 SOS 기억하십니까?"

"닭대가리도 아니고 그걸 잊겠습니까."

윤태수가 쏘는 말투로 답했지만 조훈현은 개의치 않는다는 듯 여전히 죄송한 얼굴로 말했다.

"그것의 여파로 아웃랜드의 괴물들이 미 영토로 넘어오기 시작했습니다. 지금은 많지 않은 수인 데다 강한 괴물들이 나타나지 않고 있긴 하지만……."

"거절하겠습니다."

조훈현의 말이 끝나기도 전에 신혁돈이 그의 말꼬리를 뚝 잘라내며 말했다.

"예?"

"그놈들, 아직 안 넘어옵니다."

말을 마친 신혁돈은 조훈현의 뒤에서 간수호를 통해 통역을 듣고 있는 군 간부를 힐끗 바라보며 말했다.

"저 양반한테 전하십시오. 아웃랜드가 붕괴되는 시점은 한참 남았다고."

신혁돈이 단언할 수 있는 이유는 간단하다.

저번 삶.

아웃랜드가 붕괴되었던 이유는 올마이티가 주도한 작전에 호루스의 눈이 개입되어 있었기 때문이다.

그들은 아웃랜드를 붕괴시켜 미국을 흔들려 했고 그들의 수작은 제대로 먹혀들었었다.

하지만 이번엔 다르다.

SOS에 숨겨져 있던 작전은 패러독스에 의해 저지되었으며 그들의 수장이나 다름없는 세이비어가 죽어버렸기에 더 이상 아웃랜드를 건드릴 수 있는 간 큰 인간도 남아 있지 않았다.

즉, 지금 괴물들이 넘어오는 것은 잠깐의 여파일 뿐이다.

미 영토를 뒤집어놓을 정도로 강한 괴물들이 등장하려면 신혁돈이 바꾸어놓은 미래를 감안하더라도 5년은 더 필요하다.

단언하는 신혁돈의 반응에 조훈현의 표정이 어리둥절해

졌다.

"그걸 어떻게… 아십니까?"

"그냥 압니다."

말을 마친 신혁돈은 그대로 전하라는 듯 군 간부를 향해 고개를 돌렸다. 그러자 간수호가 어물거리며 조훈현에게 물었다.

"그대로 전합니까?"

"안 전하면 어떻게 할 건데? 뭐 구라라도 칠래?"

뾰족한 수가 없다.

간수호는 입술을 한 번 깨물고서는 신혁돈이 한 말을 그대로 전했다.

그러자 군 간부가 미간을 찌푸리며 간수호를 비라본 뒤 고개를 돌려 신혁돈을 바라보았다.

신혁돈은 눈을 피하지 않고 그의 시선을 마주했고, 이내 군 간부가 고개를 돌려 신혁돈의 시선을 피한 뒤 그들을 둘러싸고 있는 군인들에게 손짓했다.

모든 군인들이 모이자 그는 한 번 더 신혁돈을 바라보고 간수호에게 무어라 한 뒤 준비되어 있던 군용 헬기를 타고 떠났다.

헬기가 떠나는 모습을 목이 부러져라 올려보는 사이 간수호가 신혁돈에게 다가오며 말했다.

"일단… 좋은 소식부터 전해 드리자면 럼스필드 장군께서 직접 한국까지의 교통편을 마련해 주셨습니다. 저쪽에 준비된 헬기를 타시면 공항으로 갈 거고, 공항에서 인천공항까지는 전세기를 이용하시면 됩니다."

"뒷말이 있을 것 같은데 말입니다."

신혁돈의 말에 간수호는 침을 한 번 삼킨 뒤 물었다.

어쩌다 패러독스의 길드장과 미국의 장군 사이에 껴가지고는.

"그리고… '지켜보겠다'라는 말을 하고 가셨는데 이게 좋은 소식인지 안 좋은 소식인지는 모르겠네요."

간수호의 말에 신혁돈은 떠나는 헬기의 뒤꽁무니를 보며 물었다.

"방금 그 간부가 럼스필드 장군인가 봅니다."

"예. 애쉬턴 럼스필드. 우리나라로 치자면 관리국의 국장님이라 보면 됩니다."

신혁돈이 고개를 끄덕이는 것으로 말을 받은 뒤 길드원들에게 말했다.

"들었지? 집에는 편하게 가겠네."

상상 이상으로 태평한 대답에 길드원들은 얼이 빠진 표정이 되었고 조훈현과 간수호 또한 마찬가지였다.

말을 마친 신혁돈은 근처에 서 있는 군용 치누크 헬기를 향해 걷기 시작했고 그 뒤로 길드원들의 얼빠진 시선이 신혁돈의 뒤통수에 꽂혔다.

헬기의 뒤쪽 출입구에 도착한 신혁돈은 길드원들이 따라오지 않는 것을 보고 소리쳤다.

"10초 주지. 그 안에 헬기에 발을 못 디딘 놈 휴가는 취소다."

그제야 길드원들이 헬기를 향해 달리기 시작했다.

*   *   *

한국에 도착한 신혁돈 일행은 당연하게 이서윤의 집에 모여 휴식을 취했다.

이서윤은 무어라 말을 하려 했지만, 자연스럽게 소파에 드러눕고 욕실을 이용하는 길드원들을 보고선 포기해 버렸다.

잠깐의 휴식 후 모든 길드원들이 거실에 모였다.

길드원들의 눈은 거실 중앙에 쌓여 있는 아이템에 고정이 되어 있었다.

"자, 그럼 분배해 봅시다."

호루스의 눈과 세이비어를 정리하며 얻은 아이템은 총 여섯 가지.

두 개의 갑옷과 하나의 검. 지팡이와 바벨탑의 반지. 마지막으로 엘 파타의 환영 로브였다.

그 외에도 쌍둥이 반지—베라인이 있었지만 벌써 신혁돈이 착용한 상태였기에 제외되었다.

흠흠, 하는 헛기침으로 목을 가다듬은 윤태수가 앞으로 나서서 바벨탑의 반지를 손에 올리며 말했다.

"바벨탑의 반지 필요하신 분 있으십니까?"

그것은 라쉬드에게 얻은 반지로서 어느 세계의 말이라도 통역이 가능한 유니크 등급의 아이템이었다.

전투에 도움이 되는 효과는 없지만 유틸리티 면에서는 최고의 능력을 자랑하는 반지.

누구도 손을 들지 않자 안지혜와 함께 소파에 앉아 있던 백종화가 손을 들며 말했다.

"얼굴마담이 가져가는 게 나을 것 같은데."

그러자 길드원들의 시선이 윤태수와 김민희에게로 갈렸다.

"뭐야. 다들 저는 왜 보십니까."

김민희야 귀여운 얼굴과 과격한 전투 방식의 갭으로 인기를 끌고 있다지만 윤태수는 아니었다.

윤태수가 의아한 얼굴을 하자 고준영이 그의 등을 가리키며 말했다.

"형님 기억 안 나십니까? 광휘의 전사였나."

저번 전투에서 고르곤의 심장을 지키는 흉갑과 함께 그의 등을 가려주던 고르곤 가죽 길드복이 사라지면서 그의 등 뒤에는 빛의 날개가 자라나 있었다.

보유한 에르그 에너지의 양이 많아질수록 빛은 강해져서 지금은 진짜 날개라 해도 믿을 정도의 크기가 되어 있었다.

"그걸로 인기 좀 끄셨잖습니까. 그리고 대외적으로 이야기하는 것도 형님이니 전 형님에게 어울리는 반지라는 생각이 듭니다."

고준영의 말에 윤태수의 미간이 찌푸려졌다.

그가 원하는 것은 갑옷, 혹은 검이다. 한데 바벨탑의 반지를 얻게 된다면 갑옷과 반지를 가질 수 있는 우선권에서 멀어지게 된다.

'별수 없나.'

윤태수는 짧게 한숨을 쉬고선 말했다.

"민희, 너 쓸래?"

"아뇨."

김민희가 단호하게 답하자 윤태수는 어쩔 수 없다는 듯 바벨탑의 반지를 손에 착용했다.

그러고는 갑옷과 검을 아쉬운 눈길로 본 뒤 새카만 브레스트 아머를 집어 들며 말했다.

"이름은 하트레온의 갑옷. 능력은… 물리와 마법의 방어 무시 효과를 무시한다. 그리고 힘 +10 두 개입니다. 방어력은 70. 필요하신 분?"

방어 무시 효과를 무시하는 갑옷. 굉장히 계륵 같은 갑옷이었다.

상대가 방어 무시 효과가 있는 무기 혹은 스킬을 사용한다면야 천군만마보다 더 유용한 갑옷이었지만 그게 아니라면 낮은 방어력 때문에 사용하기 꺼려지는 갑옷.

전부 금으로 만들어진 흉갑이라 무게 또한 상당했고 메이지 계열이 착용하기엔 무리가 있었다.

아무도 손을 들지 않자 고개를 두리번거리던 고준영이 손을 들었다.

"흠… 아무도 없으시면 제가 입겠습니다."

경매와 비슷한 아이템 분배를 보고 있던 신혁돈은 아이템에 관심이 없는지 책을 보고 있는 홍서현을 발견하고선 그녀에게 손짓했다.

홍서현이 책에 갈피를 끼운 뒤 그의 옆에 와서 앉자 신혁돈이 말했다.

"두 가지 정보가 필요해."

"둘 다 뭔지 알겠는데 시간이 좀 필요해."

하나는 다음 아이가투스의 시련인 '다섯 개의 태양', 두 번째는 수르트가 말한 '새로운 엘드요튼의 힘'에 대한 이야기였다.

"얼마나?"

신혁돈의 물음에 홍서현이 덮어두었던 책 표지를 가리키며 말했다.

"다섯 개의 태양은 얼추 파악이 됐는데 엘드요툰의 힘이 좀 걸려. 지금 아저씨가 가지고 있는 '수르트'라는 존재는 절대 선한 존재가 아니거든. 뭐, 그렇다고 악한 존재도 아니긴 하지만 어쨌거나 '라그나로크', 즉 세계의 멸망을 추구하던 종족을 이끄는 이 중 하나였어."

신혁돈이 이해했다는 듯 천천히 고개를 끄덕이자 홍서현이 말을 이었다.

"그런 이의 힘을 사셔다 쓰는 걸로도 모지라서 그의 힘을 키워주는 게 조금은 불안하다는 거지."

"너의 뜻인가? 아니면……."

그의 말이 끝나기도 전에 홍서현이 고개를 가로저었다.

"가이아 님의 뜻은 아니야."

말을 마친 홍서현은 곧바로 신혁돈을 바라보려다가 고개를 숙임과 동시에 입술을 씹었다.

"왜 그러지?"

"갑자기 의문이 드네. 내가 생각하는 것 자체에 가이아 님의 뜻이 반영되어 있는 건가? 아니면 그분의 뜻을 받아 내가 생각을 하는 건가?"

뜬금없는 철학적인 질문을 받은 신혁돈은 당연하다는 듯 답했다.

"네 생각은 네 생각이다. 다른 누구의 것도 아니야."

그의 말에 홍서현은 입술을 비죽인 뒤 천천히 고개를 끄덕였다.

"그래. 어쨌거나 내 생각이 그래. 다섯 개의 태양. 그러니까 여덟 번째 시련에 들어가기 전까지는 새로운 힘이 필요하진 않잖아? 천천히 생각해도 될 거야."

일리 있는 말에 신혁돈이 고개를 끄덕이며 화제를 돌렸다.

"넌 아이템에 관심이 없나?"

"지금 있는 것만으로 충분해."

"그렇군."

그사이 아이템의 분배가 끝났고 아이템을 얻은 이들은 아이템을 살피기 시작했다. 아무것도 얻지 못한 길드원들은 각자 할 일을 했다.

신혁돈은 엘 파타의 환영 로브를 어깨에 걸치며 헤벌쭉하고 있는 윤태수를 불러 물었다.

"어떻게 나눴어?"

"보시다시피 로브는 저, 검은 연수, 나머지 갑옷 2개는 준영이랑 강태가 나눠 가졌고 지팡이는 형수님이 가져가셨습니다."

그의 턱짓을 따라 가보자 안지혜가 새로운 지팡이를 들고 선 기뻐하는 모습이 보였다.

나머지 길드원들이 아이템을 살피는 사이, 도시락은 주먹만 한 크기로 변해 구석에 있는 사료 포대에 몸을 묻은 채 잠이 들어 있었다.

신혁돈은 포대로 걸어가 도시락을 꺼내 데려온 뒤 소파에 길게 누웠다. 그러고는 도시락을 자신에 배에 올려둔 뒤 생각에 잠겼다.

'이놈도 곧 진화하겠군.'

괴물의 시체들은 모두 도시락이 먹었다 해도 과언이 아닐 정도로 많은 괴물들을 섭취했다.

처음에는 이름 그대로 비상식량으로 데리고 다니던 놈이었는데 어느새 길드원 한 명분의 역할을 하고 있을 정도로 성장했다.

지금도 15미터가 넘는 거대한 괴물인데 여기서 더 성장을 하면 어떤 모습이 될지 기대가 되었다.

'나중에 피닉스가 될지도 모르겠어.'

이미 도시락에게 있던 육눈수리의 모습은 없어진 지 오래였다.

이대로 성장한다면 정말로 피닉스가 될지도 모른다.

'피닉스라……'

그가 과거로 돌아오게 해주었던 히든 피스.

'만약 피닉스를 다시 한 번 잡아먹는다면……'

다시 과거로 돌아갈 수 있을 것인가?

신혁돈은 천장을 보고 있던 눈을 감으며 고개를 휘휘 저었다.

'아니, 이번 생에 끝낸다.'

신혁돈이 눈을 감은 순간.

"마스터."

김민희가 그의 이름을 불렀다. 신혁돈은 살짝 짜증이 섞인 목소리로 눈도 뜨지 않은 채 답했다.

"왜."

"그… 러시아로 휴가 가는 거요, 언제 가요?"

"내일."

"…내일요?"

대답도 귀찮다는 듯 신혁돈은 손을 휘휘 저어버렸고 그의 대답을 받아낸 김민희는 길드원들을 바라보며 소리 없는 비명을 지르며 방방 뛰었다.

그날 저녁.

신혁돈은 조훈현에게 말해 러시아로 향하는 비행기 티켓

11장을 구해 달라 했고 1시간이 지나기 전에 티케팅이 완료되었다.

심지어 여권이 없는 이들조차도.

그 광경을 보고 있던 윤태수가 짧게 혀를 차며 말했다.

"참, 우리나라는 돈 많으면 살기 편한 나라야."

"돈 많은데 살기 힘든 나라가 있긴 합니까?"

고준영의 쓸데없는 일침에 윤태수는 눈을 부라렸고 그렇게 하루가 지났다.

제6장

내 그럴 줄 알았어!!

러시아.

모스크바 공항에 도착한 길드원들은 여전히 새카만 트렌치 코트 차림이었고 그들을 본 러시아인들은 KKK단을 보는 듯한 눈길로 미간을 찌푸렸다.

"새카만 옷에 거부 반응이 있나?"

"아니면 우리가 동양인이라서?"

고준영과 윤태수가 러시아인들의 눈빛에 담긴 이유를 추론하는 사이 백종화가 말했다.

"새카만 옷을 입은 열한 명이 걸어 다니니 그러는 거겠지.

게다가 무기까지 차고 있잖아. 우리나라라도 그럴걸."

그의 말에 수긍한 두 바보가 고개를 끄덕이는 사이 신혁돈은 거침없이 공항의 밖으로 걸어 나갔고 길드원들 또한 그의 뒤를 따라 공항 밖으로 나섰다.

"눈의 세상이… 아니네?"

"여름이니까."

"…그렇게 춥지도 않은데?"

"한국과 별다른 게 없어."

러시아에 대한 환상이 깨진 것인지 망연자실한 길드원들이 멍하니 서 있는 사이 길드원들의 앞으로 대형 버스 한 대가 멈춰 섰다.

신혁돈은 자연스럽게 버스에 오르며 말했다.

"타라."

"…예?"

길드원들은 의심스러운 얼굴로 버스를 한 번 바라본 뒤 신혁돈의 뒤를 따라 버스에 올랐다.

마지막으로 버스에 오르던 윤태수는 버스 맨 앞에 쓰여 있는 목적지를 볼 수 있었고 문자를 소리 내어 읽어보았다.

"리빈스크."

바벨탑의 반지를 끼고 있음에도 별다른 뜻으로 해석이 되지 않는 것을 보아 지명인 것 같았다.

윤태수까지 차에 오르자 버스가 출발했고 그 뒤로 6시간을 달려 리빈스크에 도착할 수 있었다.

"세상에……."

"저거 바단가?"

"호수라는데?"

창문 밖으로는 바다라고 해도 믿을 만큼 거대한 호수가 펼쳐져 있었다. 그 위로는 맑은 하늘 덕에 쨍한 햇볕이 내리쬐고 있었고 이국적인 건물들이 왼쪽으로 늘어서 있었다.

강가에는 낚시를 하기 위한 배들이 떠 있었고 그 위에 서 있는 이들조차 한 폭의 그림처럼 보였다.

"이야… 형님이 러시아로 오자고 한 이유가 있었네."

윤태수가 인정한다는 듯 엄지를 들어 올리며 신혁돈을 바라보았는데 신혁돈은 밖이 아닌 노트북을 바라보고 있었다.

"형님, 바깥 구경 안 하십니까?"

신혁돈은 대답 대신 시계를 보고선 창밖으로 고개를 돌려 하늘을 올려다보았다.

"…형님?"

그 모습에 알 수 없는 불안감을 느낀 윤태수는 신혁돈이 보고 있는 노트북을 힐끗 보았는데 얼핏 본 바로는 러시아의 지도로 보였다.

신혁돈은 윤태수에게 살짝 미소를 지어준 뒤 말했다.

"곧 숙소에 도착한다."

"예."

이 꺼림칙한 느낌에 대해 다른 이들과 대화를 해보고 싶었지만 모든 길드원들이 신나서 창문에 달라붙어 있는 상태에선 이런 이야기를 꺼내긴 힘들었다.

윤태수는 결국 차에서 내려 숙소에 들어갈 때까지 이야기를 꺼내지 못했고 결국 마음속에 삭여두었다.

볼가 강이 그대로 내려다보이는 숙소에 자리를 잡은 이들은 각자의 시간을 가지며 이리저리 돌아다니면서 사흘을 보냈다.

유명한 관광지는 아니었지만 이곳이 외국이라는 점과 모두 함께 휴가를 왔다는 것만으로도 길드원들은 충분히 신나했고, 사흘이라는 시간은 짧게 느껴질 정도로 빠르게 지나갔다.

그리고 나흘째 되는 날 새벽 4시.

길드원들은 물론이거니와 리빈스크의 시민들마저도 전부 단잠에 빠져 있는 시간.

침대에 누워 눈을 감고 있던 신혁돈의 눈이 뜨였다.

눈을 뜬 신혁돈은 길드원들의 방을 일일이 돌아다니며 한 명씩 깨우는 수고 대신 에르그 에너지를 개방했다.

쿠웅!

무형의 에르그 에너지가 호텔 전체를 뒤덮자 단잠에 빠져 있던 길드원들은 곧바로 눈을 뜨며 무기를 향해 손을 뻗었다.

"뭐야!"

부은 눈을 비빌 새도 없이 에르그 에너지를 파악한 길드원들은 신혁돈의 에르그 에너지라는 것을 깨닫고서는 나지막이 욕설을 내뱉었다.

신혁돈은 일정 간격으로 에르그 에너지를 개방하고 있었고, 그 덕에 길드원들은 잠에서 깨자마자 신혁돈의 방으로 향할 수밖에 없었다.

홍서현을 마지막으로 모든 길드원들이 신혁돈의 방에 모였고 신혁돈은 길드원들의 부은 눈과 옷들이 마음에 든다는 듯 입꼬리를 올리며 말했다.

"아주 유감스럽게도 그레이트 화이트 홀이 감지되었다."

"유감스러운 표정이 아니신데 말입니다."

신혁돈은 대답 대신 어깨를 으쓱였고 그의 제스처를 본 길드원들은 긴 한숨을 쉬며 욕설을 삼켰다.

"장소는 볼가 강의 상류에 있는 리빈스크 저수지의 섬이다. 남은 시간은 30분가량. 5분 안에 전투 준비 하고 옥상으로 집결."

길드원들은 건성으로 대답한 뒤 자신의 방으로 힘없는 걸음을 옮겼고 신혁돈은 여전히 미소를 지은 채 그들의 뒷모습을 바라보고 있었다.

마지막까지 나가지 않고 소파에 앉아 다리를 꼰 채 신혁돈을 바라보고 있던 홍서현이 신혁돈에게 물었다.

"변태야?"

"무슨 말이지?"

"어차피 이렇게 될 걸 알았으면 미리 말했으면 됐잖아. 무슨 서프라이즈 파티도 아니고 꼭 이렇게 했어야 돼?"

신혁돈은 다시 한 번 어깨를 으쓱이며 말했다.

"알았으면 안 그랬겠지."

"그럼? 우리가 리빈스크로 휴가를 온 게 우연이다?"

"우연보단 필연이 아닐까 싶은데."

능글맞은 대답에 홍서현은 입술을 깨물며 말했다.

"거짓말하지 마. 다 알고 있었잖아."

"내가 거짓말하는 거 본 적 있나?"

"그럼 뭔데?"

"그냥 느낌이랄까."

그의 대답에 홍서현은 어이가 없다는 듯 눈을 감으며 짧은 한숨을 토한 뒤 말했다.

"내가 진짜 힘만 생겨봐. 당신 주둥이를 아작 내놓을 테니까."

"응원하지."

홍서현은 가운뎃손가락을 올린 뒤 옷을 갈아입으러 갔고 홀로 남은 신혁돈은 창문 밖으로 보이는 볼가 강의 하류를 바라보았다.

'다행이군.'

그의 예상보다 이르긴 했지만 어쨌거나 리빈스크에 그레이트 화이트 홀이 열렸으니 다행이었다.

이제 곧 아이가투스의 여덟 번째 차원으로 넘어가면 적어도 한두 달 정도는 지구로 돌아오지 못한다.

그사이 그레이트 화이트 홀이 열린다면 패러독스가 없는 아이기스는 적지 않은 희생을 치르며 그레이트 화이트 홀을 막아내야 할 것이다.

신혁돈은 구석에 놓여 있는 사료 포대에서 사료를 한 주먹 꺼낸 뒤 자신의 침대에서 졸고 있는 도시락을 깨웠다.

주먹만 한 새의 모습을 하고 있던 도시락은 성질을 부리며 깍깍거렸지만 곧 자신의 코앞에서 아른거리는 사료를 발견하고선 사료에 부리를 처박았다.

"새대가리."

한 손에는 도시락을, 한 손에는 사료를 쥔 신혁돈은 그대로 옥상으로 올라갔고 그가 올라가고 얼마 지나지 않아 길드복을 갖춰 입은 길드원들이 집합했다.

사료를 다 먹고서야 잠이 깬 도시락은 당했구나 하는 표정을 짓고 있었지만 그런다고 달라질 것은 없었다.

"변신해."

신혁돈의 말에 부리를 삐죽거린 도시락은 원래의 모습으로 돌아갔고 길드원들은 곧바로 도시락의 등에 올랐다.

"가자."

이제 막 여명이 터오는 차, 도시락이 리빈스크의 하늘을 가르며 날아올랐다.

*　　　　*　　　　*

오후 10시 11분.

한국, 아이기스 길드 사무소.

오늘의 할 일을 끝낸 조훈현은 오랜만에 개운한 얼굴로 핸드폰을 들었다. 곧 상대가 연결되었고 조훈현이 말했다.

"오랜만에 한잔하자."

─저 오늘은 집에 들어가야 하는데 말입니다.

"누가 안 보낸다고 하디? 야근한다고 그래."

─요즘 직장은 자양강장제 대신 알코올 먹이면서 야근시킨 답니까? 안 됩니다. 오늘 늦으면 마누라한테 맞아 죽습니다.

그럼 끊겠습니다.

"야! 야! 간수호!"

간수호가 매정하게 전화를 끊자 조훈현은 핸드폰 액정을 한 번 봤다가 콧방귀를 뀌었다.

"너 없으면 내가 술 마실 사람도 없는 줄 알아?"

조훈현이 핸드폰을 내려놓은 순간 그의 핸드폰이 진동했다.

"그럼 그렇지."

씩 미소를 지으며 핸드폰을 든 순간, 액정에 뜬 이름을 본 조훈현의 얼굴이 팍 삭았다.

"…여보세요?"

—예. 윤태숩니다. 지금 저희가 러시아에 있는 건 아시죠?

"예."

왜인지 모를 불안감이 스멀스멀 올라왔고 조훈현은 사무실을 나가려다 말고 다시 의자에 앉았다.

—러시아에 세 번째 그레이트 화이트 홀이 열립니다. 한… 10분 남았습니다. 그러니 러시아 정부에 알려주시고 저희가 잡는다 말씀 좀 해주십시오.

불안한 예감은 항상 적중한다. 도대체 왜일까.

짧게 한숨을 내쉰 조훈현이 투정하듯 말했다.

"…그런 건 좀 미리 말해주면 안 됩니까?"

―휴가 중에 발생한 일인데 무슨 수로 미리 말합니까?

윤태수의 퉁명한 대답에 조훈현의 미간이 구겨졌다.

'이 양반 왜 이렇게 까칠해?'

그 순간 조훈현의 머릿속에 한 가지 가설이 떠올랐다.

"설마… 태수 씨도 모르고 간 겁니까?"

―예.

"혁돈 씨가 아무런 말도 안 했습니까?"

―…예.

"저런……."

뜬금없이 동병상련의 정을 느낀 두 사람은 별말 없이 핸드폰을 들고 있다가 서로 수고하십시오, 하는 말을 남긴 뒤 전화를 끊었다.

조훈현은 자연스럽게 핸드폰을 열고 간수호에게 전화를 걸려다가 그만두었다.

"그래… 쉬어라. 내가 고생하지 뭐."

짧게 한숨을 내쉰 조훈현은 사무실 테이블 뒤에 있는 찬장을 열어 양주 한 병과 잔을 꺼내며 일을 시작했다.

*   *   *

어지간한 호수보다 넓어 수평선이 보이는 리빈스크 저수지

위를 날고 있는 도시락의 위. 윤태수가 전화를 끊으며 신혁돈에게 말했다.

"말했습니다."

"그래."

대답을 하는 신혁돈의 시선은 저수지에 있는 두 개의 섬에 고정이 되어 있었다. 그의 시선을 따라 섬을 살핀 윤태수가 물었다.

"저기 나타나는 겁니까?"

"에르그 에너지 상황으로 봐선 그렇다."

"어떤 괴물입니까?"

"마카라."

신혁돈의 기억으로는 '마카라'라는 이름이 붙여진 괴물이었다.

그 이름의 유래에 대해서는 기억나지 않지만 생김새는 확실히 기억난다.

기본적인 베이스는 물고기지만 두 개의 앞다리가 있고 악어와 같은 기다란 주둥이를 가지고 있다.

혹자는 용의 주둥이라고도 할 만큼 기다라며 그 사이에 돋아 있는 이빨 또한 어지간한 사람만 한 크기를 하고 있다.

코의 끝에는 수염이 자라 있고 그 위에 있는 두 개의 눈은 한밤중에 뜬 태양처럼 찬란히 빛난다.

물속을 자유자재로 누비는 주제에 불에 대한 내성이 높고 덩치에 어울리지 않는 엄청난 속도 때문에 퇴치하는 데 이 주일 가까이 걸린 괴물.

신혁돈의 설명을 들은 길드원들은 제각각 마카라의 모습을 상상하는지 미간을 찌푸리고 있었다. 그사이 홍서현이 신혁돈에게 다가오며 말했다.

"이번엔 인도의 괴물이네."

"아는 이름인가?"

"응. 인도에서는 강이나 호수에 사는 악마로 여겨. 바루나, 혹은 강가라는 여신이 타고 다니는데 해상의 재액을 일으키는 원인으로 여겨지지."

홍서현의 말에 백종화가 읊조렸다.

"이번에도 신화 속 괴물인가……."

"신화 속 괴물이라기보다는 그것과 비슷하게 생겨서 이름을 붙인 게 아닐까 싶어요. 신화 속 괴물들은 말 그대로 신화 속 괴물이라 실체가 없으니까 아무 이름이나 갖다 붙이는 거죠."

"그럴 수도 있겠죠."

두 사람이 대화를 나누는 사이 윤태수가 신혁돈에게 물었다.

"베이스가 물고기면… 물속에서 싸웁니까?"

그의 물음에 신혁돈이 아래 보이는 두 개의 섬을 가리키며 말했다.

"도시락을 미끼로 하늘에 띄워두면 알아서 뭍으로 올라올 거다. 그때 사냥한다."

신혁돈의 말을 들은 도시락이 반항하듯 까악 하며 몸을 털었지만 그의 움직임에 신경 쓰는 이는 없었다.

어쩌다 보니 패러독스의 휴가까지 따라온 헤르메스만 부은 눈을 비비고 있다가 깜짝 놀라 도시락의 깃털을 부여잡았다.

겨우겨우 몸을 일으킨 순간, 헤르메스의 눈에 무언가가 포착되었다.

"저기 수면 아래 뭔가 빛나는데."

그의 말에 모든 길드원들의 시선이 그곳으로 향했고 백종화와 신혁돈은 에르그 에너지의 파동을 살폈다.

"왔군."

신혁돈이 말한 순간.

길드원들 또한 느낄 수 있을 정도로 거대한 에르그 에너지의 파동이 일었고 그와 동시에 수면 아래서 그레이트 화이트 홀이 생겨나기 시작했다.

"…저 정도로 클 거라곤 생각 못 했는데 말입니다."

"마찬가지다."

고르곤 때보다 2배는 거대한 그레이트 화이트 홀이 물속에 생겨났다. 신혁돈 또한 예상하지 못했을 정도로 어마어마하게 거대한 크기.

"생각 외의 전개인데."

그레이트 화이트 홀은 저수지 전체가 환해질 정도로 밝은 빛을 뿜었다. 맨눈으로는 앞을 보기도 힘들 정도로 밝아진 순간.

쿠우우웅!

무형의 에르그 에너지 파동이 길드원들을 덮침과 동시에 마카라의 대가리가 그레이트 화이트 홀을 뚫고 나왔다.

물속이 워낙 밝았기에 마카라의 얼굴이 훤히 보였고 그 모습을 본 윤태수가 말했다.

"…악어라 하지 않았습니까? 저건 용인데?"

신혁돈은 대답 대신 마카라의 모습에 집중했다.

마카라의 머리엔 사슴의 뿔이 달려 있었고 긴 수염이 펄럭거리고 있었다. 머리 아래로 뻗어 있는 팔은 도마뱀의 그것과 비슷한 생김새였으나, 발톱의 날카로움이나 크기 면에서 엄청난 차이를 보였다.

"저걸… 무슨 수로 잡아?"

용의 대가리와 팔을 지난 몸통의 뒷부분은 돌고래의 그것처럼 매끈한 모습이었다.

"그나마 비늘이 없는 것이 칼은 잘 들어가게 생겼네."

윤태수의 농담 아닌 농담과 동시에 그레이트 화이트 홀을 빠져나온 마카라가 꼬리를 털었고 그와 동시에 거대한 파도가 일었다.

파도는 순식간에 두 개의 섬을 덮쳤고 섬의 해변이 초토화되었다.

"저 위에서 싸운단 말입니까?"

"작전 변경은 없다."

해일 수준의 파도가 일긴 했지만, 그렇다 해도 섬 전체에 영향을 끼칠 정도는 아니었기에 충분히 상대할 만했다.

문제는 신혁돈을 제외한 길드원들이 그렇게 생각을 하고 있지 않았다는 점이지만.

신혁돈은 곧바로 도시락을 조종해 두 개의 섬으로 향했고 길드원들은 어쩔 수 없이 무기를 꺼내 들었다.

"물에 빠지면 죽는다. 어떻게든 약 올려서 뭍으로 꺼내는 게 첫 번째 목표. 그리고 뭍에 올라온 순간 일점사로 잡는다. 약점은 몸의 뒷부분이다."

말을 마친 신혁돈은 곧바로 세뿔가시벌레 몬스터 폼을 발동시킨 뒤 하늘로 날아올랐다. 그가 날아오른 순간 김민희가 고개를 푹 숙이며 말했다.

"아, 싫다."

"너무 진심 아니야?"

"뭐 어때요."

"맞아. 나도 참 싫다. 누가 몬스터 잡는 게 싫대? 미리 말해 주면 좀 좋아."

길드원들이 투덜거리는 사이 도시락은 두 개의 섬 가운데 있는 조그만 섬에 길드원들을 내려주었고 그와 동시에 길드원들은 사방으로 퍼지며 넓은 크기의 진을 형성했다.

신혁돈은 일정 고도에 서서 머리부터 발끝까지 30미터는 넘는 길이의 마카라의 모습을 바라보며 에르그 에너지를 내뿜었다.

그러자 그의 파동을 느낀 마카라가 몸을 유연하게 움직이며 신혁돈을 바라보았고 태양과도 같이 찬란히 빛나는 마카라의 눈과 신혁돈의 눈이 마주친 순간.

마카라가 눌러두었던 용수철처럼 수면 위로 튀어 올랐다.

『괴물 포식자』 10권에서 계속…

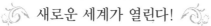

초대형 24시 만화방

신간 100%, 샤워실, 흡연실, 수면실(침대석), 커플석, 세탁기 완비

■ 시흥 정왕25시점 ■

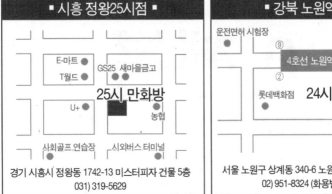

경기 시흥시 정왕동 1742-13 미스터피자 건물 5층
031) 319-5629

■ 강북 노원역점 ■

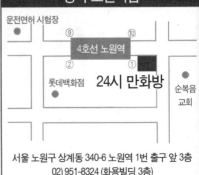

서울 노원구 상계동 340-6 노원역 1번 출구 앞 3층
02) 951-8324 (화용빌딩 3층)

■ 일산 정발산역점 ■

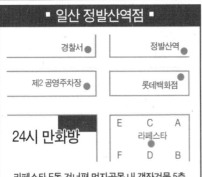

라페스타 E동 건너편 먹자골목 내 객잔건물 5층
031) 914-1957

■ 일산 화정역점 ■

경기도 고양시 덕양구 화정동 984번지 서일빌딩 7층
031) 979-4874 (서일사우나 건물 7층)

■ 부천 역곡역점 ■

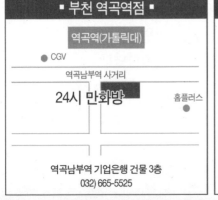

역곡남부역 기업은행 건물 3층
032) 665-5525

■ 부평역점 ■

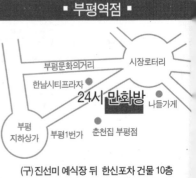

(구)진선미 예식장 뒤 한신포차 건물 10층
032) 522-2871

이경영 판타지 장편소설

FANTASY FRONTIER SPIRIT

그라니트

용들의 땅

GRANITE

사고로 위장된 사건에 의해 동료를 모두 잃고 서로를 만나게 된 '치프' 와 '데스디아'.
사건의 이면에 상식을 벗어난 음모가 있음을 알게 된 둘은
동료들의 죽음을 가슴에 새긴 채 각자의 고향으로 돌아간다.
2년 후, 뜻하지 않게 다시 만난 두 사람은 동료들의 복수를 위해
개척용역회사 '그라니트 용역' 을 설립해 다시금 그 땅을 찾게 되는데……

용들이 지배하는 땅 그라니트!
그곳에서 펼쳐지는 고대로부터 이어지는 운명적 만남,
깊어지는 오해, 그리고 채워지는 상처.

『가즈 나이트』시리즈 이경영 작가의 미래형 판타지 신작!

Book Publishing CHUNGEORAM

유행이 아닌 자유추구 -
WWW. chungeoram.com
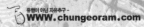

FUSION FANTASTIC STORY

김대산 장편소설

완전빵치

2년 차 대한민국 취업 준비생 김철민.

친척 하나 없는 사고무친의 처지로 앞날이 막막하기만 하던 어느 날,
우연치 않게 산 로또가 1등에 당첨된다.
아니, 그가 1등에 당첨되도록 만들었다.

혼자만의 상상으로만 해왔던 이상한 놀이
'시거'가 현실로 이루어진 것이다.

졸부(猝富), 그리고 '시거'와 함께
또 하나의 이상한 현상인 '슬비'가 더해지면서,

그의 일상은 이윽고
예측할 수 없는 격변 속으로 빠져든다.

Book Publishing CHUNGEORAM

유행이 아닌 자유추구 -
WWW.chungeoram.com

강준현 장편소설

FUSION FANTASTIC STORY

인생을 바꿔라

『복수의 길』, 『개척자』 강준현 작가의
2016년 신작!

자신이 무엇인지 알지 못하는 정신체, 염.
세상을 떠돌며 사람의 몸속으로 들어가
에너지를 얻고 나오길 반복하던 어느 날.

사고로 인한 하반신 마비, 애인의 이별 선언,
삶에 지쳐 자살하려는 김철의 몸에 들어가게 되는데……

"뭐, 뭐야! 아직도 못 벗어났단 말이야?"

새로운 삶을 살리라,
정처 없이 떠돌던 그의 인생 개척이 시작된다!

"어떤 삶인지 궁금하다고? 그럼 한번 따라와 봐."

Book Publishing CHUNGEORAM

유행이 아닌 자유추구 —
WWW. chungeoram.com

미러클
테이머

인기영 장편소설

FUSION FANTASTIC STORY

MIRACLE
TAMER

이계로 떨어져 최강, 최고의 테이머가 되었다.
그러나… 남은 것은 지독한 배신뿐.

배신의 끝에서 루아진은 고향, 지구로 되돌아오게 되는데…….
몬스터가 출몰하기 시작한 지구!
그리고 몬스터를 길들일 수 있는 테이머 루아진!
그 둘의 조합은……?

『미러클 테이머』

바야흐로 시작되는
테이머 루아진과 몬스터들의 알콩달콩한
대파괴의 서사시!!

Bora Publishing CHUNGEORAM

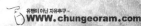

이모탈 퓨전 판타지 소설
FUSION FANTASTIC STORY

용병들의 대지
Road of Mercenaries

이 세계엔 3개의 성역이 존재한다.
기사들의 성역, 에퀘스.
마법사들의 성역, 바벨의 탑.
그리고… 그들의 끊임없는 견제 속에 탄생하지 못한

『용병들의 대지』

전쟁터의 가장 밑을 뒹굴던 하급 용병 아론은
이차원의 자신을 살해하고 최강을 노릴 힘을 가지게 된다.

그의 앞으로 찾아온 새로운 인생!
아론은 전설로만 전해지던
용병들의 대지를 실현시킬 수 있을 것인가!

Book Publishing CHUNGEORAM

유행이에인 자유추구
WWW.chungeoram.com

FUSION FANTASTIC STORY

텀블러 장편소설

현대 천마록

천하를 호령하고, 전 무림을 통합한
일월신교의 교주 천하랑.
사람들은 그를 천마, 혹은 혈마대제라고 불렀다.

『현대 천마록』

무공의 끝은 불로불사가 되는 것이라 생각했지만
그로서도 자연의 섭리 앞에선 어쩔 수 없었다!

'그렇게 많은 피를 흘렸음에도 불구하고
죽을 때가 되니 남는 것이 없군그래.'

거듭된 고련 끝에 천하랑의 영혼이
존재하지 않게 된 그 순간
그의 영혼은 현세에서 천마로서 눈을 뜬다!

Book Publishing CHUNGEORAM

유행이 아닌 자유추구 -
WWW.chungeoram.com

FUSION FANTASTIC STORY
가프 장편소설

시크릿 메즈
SECRET MEZ

―너는 10,000개의 특별한 뉴런을 더하게 되었어.
매직 뉴런, 불멸의 뉴런이지.

실험실 알바를 통해 만난 '6번 뇌'.
우연한 만남은 이강토를 신비의 세계로 이끈다.

『 시크릿 메즈 』

매직 뉴런을 탑재한 이강토의
정재계를 아우르는 좌충우돌 정의구현!
긴장하라, 당신이 누구든 운명은 이미 그의 손안에 있으니!

"무슨 꿍꿍이가 있는지, 어디 한번 봐볼까?"

Book Publishing CHUNGEORAM

유행이 아닌 자유추구 ―
WWW.chungeoram.com